N&K

Kunstvoll verfasst, ohne gekünstelt zu wirken: Aus einem Monolog entwickelt sich ein Gespräch in besonderer Form.

Dagmar Schifferli wurde 1951 in Zürich geboren. Sie studierte Sozialpädagogik, Psychologie sowie Gerontologie und war viele Jahre als Dozentin in diesen Fachgebieten tätig. Seit 1996 veröffentlicht sie Romane, Erzählungen und Essays, darunter *Anna Pestalozzi-Schulthess. Ihr Leben mit Heinrich Pestalozzi,* das ihr große Anerkennung einbrachte. Es folgten *Wiborada, Verwandte Gefühle, Leben im Quadrat* sowie *Wegen Wersai* und *Meinetwegen.*

Dagmar Schifferli

Meinetwegen

Roman

NAGEL UND KIMCHE

1. Auflage 2024
Ungekürzte Taschenbuchausgabe bei NAGEL UND KIMCHE
© 2022 by Nagel & Kimche in der
MG Medien Verlags GmbH München · Zürich
© für diese Ausgabe 2024
NAGEL UND KIMCHE
in der Verlagsgruppe
HarperCollins Deutschland GmbH, Hamburg
Umschlaggestaltung von wilhelm typo grafisch, Zürich
Umschlagabbildung von SimonVera/Shutterstock
Gesetzt aus der Centennial
von GGP Media GmbH, Pößneck
Druck und Bindung von CPI books GmbH, Leck
Printed in Germany
ISBN 978-3-312-01353-1
www.nagel-kimche.ch

Druckprodukt mit finanziellem
Klimabeitrag
ClimatePartner.com/15109-2009-1001

MIX
Papier
FSC FSC® C083411

Eins

Reden tue ich ja gern.

Aber versprechen Sie sich nicht zu viel davon. Einmal die Woche, hat man mir gesagt. Angeordnet, genau genommen, denn nirgends sonst ist man so unfrei wie hier. Mindestens einmal pro Woche, dazwischen mache ich mir Notizen. Ich möchte, dass Sie alles erfahren. Ob es die Wahrheit ist, müssen Sie selbst entscheiden. Es wäre nicht willentlich gelogen, wenn ich etwas erzählte, das ich gar nicht so erlebt habe oder mir jemand erzählt hat, dass es so gewesen sei. Ohrfeigen, wenn sie heftig genug sind, verletzen das Gehirn. Die, die ich gekriegt habe, waren heftig.

Darum bin ich mir unsicher, ob ich mich an alles korrekt erinnere. Obwohl ich möchte.

Eines aber müssen Sie wissen: Sie dürfen mich nie unterbrechen, niemals. Auch keine Fragen stellen, keine Töne, keinen Pieps von sich geben, wie etwa hm, oder sich räuspern. Das würde meine Gedanken durcheinanderbringen. Mich sofort dazu verleiten, mich auf Sie zu beziehen und alles für Sie zu formulieren. Also, damit vor allem Sie es verstehen. Es brächte mich weg von mir selbst und vielleicht auch von der Wahrheit, der ich jedoch unbedingt auf den Grund gehen will. Nicht etwa, weil ich hoffe, dass dadurch meine Strafe geringer ausfällt. Nein, ich bin bereit für alles. Gefasst auf alles.

Ich werde jedes Urteil akzeptieren.

Das Urteil würde Klarheit schaffen, wäre eine direkte Antwort auf das, was ich getan habe.
Machen musste.
Sie wissen bestimmt, dass der Mensch nicht wirklich über einen freien Willen verfügt. In der Schule habe ich gelernt, dass sogar manche Selbsttötungen nicht aus freiem Willen geschehen. Weil sich das Denken, hat die Lehrerin damals gesagt, immer mehr auf das verengt, was man sich vorgenommen hat. Bis schließlich jede Alternative verloren geht, wegdriftet, nicht einmal mehr denkbar ist, hat die Lehrerin erklärt. Trotz der Milliarden von Gehirnzellen, die jeder Mensch unter seiner Schädeldecke am Laufen hält und die auf ich weiß nicht wie viele Arten miteinander verbunden sind.

Jetzt haben Sie gehustet. Das sollten Sie nicht tun.
Ich muss deshalb eine kurze Pause machen. Sagen Sie nichts, warten Sie einfach.

So – Sie haben ein Recht darauf, es zu erfahren. Ich bin schließlich zur Beobachtung hier.

Eingesperrt.

Unfreiwillig.

Am Schluss meines – äh – Aufenthaltes müssen Sie und andere entscheiden, wie es mit mir weitergehen soll.

Und wo.

Die Notizen, die ich zwischen den Stunden bei Ihnen mache, nehme ich nicht mit hierher. Die lasse ich lieber in meinem Zimmer. Ich möchte ohne einen Zettel in der Hand erzählen, dabei ab und zu in Ihr Gesicht schauen,

vielleicht sogar in Ihre Augen.

Um herauszufinden, ob Sie mir glauben, was ich sage. Es kam bisher nur selten vor, dass mir jemand geglaubt hat.

Mein Vater nicht

meine Pflegetante nicht

ganz zu schweigen von den affigen Nonnen.

Die lügen selbst am meisten.

Zwei, drei Ausnahmen gab es allerdings. Davon erzähle ich Ihnen später.

Ich möchte diese Stunden ausnützen, kann Ihnen aber nicht versprechen, dass es zwischendurch nicht zu längeren Pausen kommt. Dann sage ich einfach nichts und bitte Sie, mich in Ruhe zu lassen, weil es irgendwann schon wieder weitergeht.

Jetzt war gerade eine solche Situation. Sie haben mich nicht gezwungen, weiterzureden. Das ist gut.

Es gefällt mir nicht schlecht hier. Die Leute sind nett, tun zumindest so. Einmal hatte ich bei jemandem sogar das Gefühl, dass es ihm wichtig ist, dass es mir gut geht. Mir selbst ist es momentan nicht so wichtig. Wenigstens kann mir hier kein Unheil zustoßen. Von außen.
Keine Schläge.
Kein Essensentzug, wie das früher oft vorkam. Kinder damit zu bestrafen, dass sie nichts zu essen kriegen. Auf die Idee muss man erst mal kommen. Zu welcher Einsicht sollte da ein Kind gelangen, vor allem, wenn es davon überzeugt ist, nichts Schlechtes getan zu haben. Aus seiner eigenen Sicht. Aber die deckt sich ohnehin nur ausnahmsweise mit der der Erwachsenen.

Wenn sie einem nicht wohlgesinnt sind.

Vielleicht haben Sie schon bemerkt, dass ich gerne spezielle Wörter benutze, eben wie zum Beispiel wohlgesinnt. Das kommt daher, dass ich schon als kleines Kind viel gelesen habe und mir besonders schöne Wörter in einem kleinen Heft notierte. Das nur nebenbei.
Eine meiner Lehrerinnen war mir wohlgesinnt. Sie hat mit mir nicht geschimpft, wenn ich in der Schule schweigend dasaß, nichts sagte, nur aus dem Fenster schaute. Weil sie wahrscheinlich geahnt hatte, weshalb.

Der ständige Nebel da draußen vor den Fenstern deprimiert mich. November und Nebel, passt zusammen, aber nicht zu mir. Ich bräuchte Sonne oder wenigstens keinen Nebel. Obwohl sich das Wort Nebelschwaden schön anhört.

Schwaden.

Wüssten Sie etwas über die Herkunft des Wortes? Die Herkunft der Wörter hat mich schon immer interessiert. Blauäugig, weshalb man jemanden als blauäugig bezeichnet, zum Beispiel. Sie haben braune Augen. Ist man damit gutgläubiger, bessergläubig? Aber ich frage Sie natürlich nicht, nicht wegen der Schwaden, aber auch nicht wegen blauäugig. Sie wissen schon, weshalb.
Schwaden kann, scheint's, auch die giftige Luft in der Grube meinen, giftig wegen des hohen Gehalts an Kohlendioxid. Bei den Nonnen gab es ein Mädchen aus dem Ruhrgebiet, die hat das wegen der Schwaden gewusst. Ich könnte auch mal den Briefkastenonkel fragen. Der weiß auf jede Frage eine schlaue Antwort. Jeden Montagabend während des Wunschkonzerts am Radio.
Das hier ist kein Wunschkonzert, hat meine Pflegetante immer gesagt.
Immer.
Pflege und Tante,
keins von beiden hat gestimmt.
Wenn ich jetzt da wäre, wo wir als Kinder häufig in den Ferien waren, säße ich bestimmt im Sonnenschein. In

den Bergen. An manchen Bergen kann man deutlich erkennen, wie sie zustande gekommen sind. Die Schichtung des Gesteins. Übereinandergeschobene Platten, nicht gefaltet, hat die Lehrerin gesagt, sondern aufgetürmt und übereinandergeschoben. Und manchmal entsteht später ein Loch.

Sie kennen das Martinsloch?

Zweimal im Jahr scheint die Sonne dort hindurch und trifft direkt auf das Zifferblatt der Elmer Kirche.

Das interessiert mich auch.

Wie etwas zustande kommt oder kam. Falls ich je wieder frei sein sollte, möchte ich in einem Bergdorf leben. Obwohl dort fast nichts passiert, gibt es immer einiges zu beobachten. Ein Eichhörnchen, das über die Straße hetzt, um noch rechtzeitig vor dem herannahenden Auto die rettende Lärche zu erreichen. Oder wenn sich kurz vor dem Sonnenuntergang die Bergspitzen rosa verfärben. Da muss man ganz schnell hinschauen, weil es grad wieder verschwindet. Oder das Geschelle einer Glocke, wenn die Kuh ihren Hals an einem Baumstamm reibt. Rauf und runter, rauf und runter, bis die Bäuerin endlich herbeieilt, um zu schauen, ob ihrem Tier vielleicht etwas Schlimmes zugestoßen ist.

Sommerferien in den Bergen, ohne Prügel und ohne Beschimpfungen. Bäche stauen, auf den Alpwiesen picknicken, Schwimmen im Bergsee, bis die Zähne klapperten, die Mutter mit dem Frotteetuch wartete, um mich warm zu rubbeln, und die feste Überzeugung, jetzt unbedingt ein Eis essen zu müssen. Ging natürlich nie, so hoch oben in den Bergen. Weit und breit kein Kiosk und keine Migros.

Gerade eben habe ich bemerkt, dass Sie verstohlen auf Ihre Armbanduhr geschaut haben.
Vielleicht langweile ich Sie.
Möglich, dass andere Mädchen hier eine interessantere Geschichte haben. Sylvie im Bett nebenan ritzt sich die Arme, jetzt nicht mehr, aber bevor sie hierherkam. Geritzt hat sie sich und die glühenden Zigarettenstummel auf ihrem Arm ausgedrückt.
Oder Karin.
Mitten in der Nacht schreit sie so lang und so laut, dass man es sogar durch die Zimmerwand hören kann und ich manchmal davon wach werde. Aber glauben Sie nur nicht, es herrsche zwischen uns ein Wettbewerb, wer das Furchtbarste erlebt oder verübt hat.
Verüben ist übrigens auch so ein Wort, über das man nachdenken müsste. ›Ver‹ am Wortanfang hat aber wahrscheinlich nicht dieselbe Bedeutung wie zum Beispiel bei ›verlernen.‹

Nein, über die Gründe, weshalb wir hier sind, redet keine. Jede ist damit mit sich allein. Mit seinen Taten sollte man nicht prahlen. Aber es gibt trotzdem eine Hierarchie. Allerdings nicht von uns errichtet, sondern von den Aufpasserinnen. Wir nennen sie so, sie selbst nennen sich anders. Die Aufpasserinnen also haben ihre liebsten

Lieblinge, Lieblinge, Ignorierte und Abschaum. Das lassen sie uns täglich spüren. Ich gehöre eher zum oberen Bereich. Aber das interessiert mich nicht wirklich, ich möchte hier einfach keine zusätzlichen Probleme.

Ich weiß nicht, wie viel Sie und die anderen Erwachsenen über mich wissen. Wurde alles übertragen von einer Akte zur anderen, alles in toten Buchstaben, schwarz auf weiß, wo keine Gefühle durchschimmern. Gefühle –

Sie meinen vielleicht, ich hätte keine mehr. Wenn man etwas für sich behält, heißt das noch lange nicht, dass man es nicht hat. Im Gegenteil.

Ich kann nicht gleichzeitig reden und meine Spucke hinunterschlucken.

Noch etwas, das Sie beherzigen müssen, beherzigen hat man von mir auch immer gefordert. Wenn ich weinen muss, sollten Sie sich unbedingt abwenden. Sie dürfen meine Tränen nicht sehen. Ich sage Ihnen später, weshalb.

Bleibt noch ein wenig Zeit? Keine Ahnung, wie schnell oder langsam sie vergeht. Ich hatte mir doch noch etwas überlegt für heute. Was war es denn bloß? Hm. Vielleicht nehme ich nächstes Mal doch besser meine Notizen mit.

Ich möchte jetzt gern gehen. Es wird mir eng hier.
Auf Wiedersehen

Zwei

Ich setze mich wieder auf den gleichen Stuhl wie beim letzten Mal, beim ersten Mal. Recht bequem, muss ich sagen. Und trotzdem sackt man nicht ab.

Kaum war ich voriges Mal draußen, ist mir eingefallen, was ich Ihnen Schönes erzählen wollte. Dass ich nämlich in diesem Frühling mit meinem Opa in das neue Shoppingcenter in Spreitenbach durfte. Liegt direkt an der Autobahn. Für seinen Beruf braucht er ein Auto, er fährt jede Woche in die Ostschweiz. Als Vertreter für Koks. Koks zum Heizen natürlich. Ich durfte vorne sitzen. Leider hat mich niemand gesehen, wie ich so im hellblauen Mercedes mit meinem Opa davonfuhr. Er wusste zunächst gar nicht, wo parkieren, es sind über tausendsechshundert Parkplätze, und weil wir schon früh ankamen, waren die allermeisten noch frei. An diesem speziellen Tag, sagte mein Opa, dürfe ich mir etwas auswählen. Egal was, sofern es nicht gerade ein Vermögen koste. Schauen Sie auf meine Füße, dann sehen Sie, was ich bekam: Adidas Rom. Mein Herz hängt daran. Da, schauen Sie. Schon ziemlich abgenutzt, aber das macht sie umso wertvoller.

Wir schlenderten durch die Läden, mein Opa und ich. Irgendwo gab es auch einen Andachtsraum und eine Kunstgalerie. Dann sagte mein Opa: Weißt du, worauf ich jetzt am meisten Lust hätte?

Ich: Nein, was denn?

Er: Kegeln!

Ich wieder: Kegeln? Wo denn? Gibt es hier etwa eine Kegelbahn?

Nicht nur eine, sagte mein Opa. Acht Stück an der Zahl.

Wir nahmen die Rollstraßen hinunter, keine Rolltreppen, Rollstraßen. Ich spielte ziemlich gut, nur ein einziges Mal einen Pudel, als die Kugel an der Seitenwand abprallte und ohne einen Kegel zu berühren hinten im Kugelfang verschwand. Mein Opa aber schoss abwechlungsweise einen Kranz, dann ein Babeli, wieder einen Kranz ...

Das ist das Schöne, von dem ich Ihnen erzählen wollte.

Jetzt sehe ich gerade den kleinen Wecker hinter Ihnen auf dem Schreibtisch. Eigentlich ganz gut, wenn ich weiß, wie spät es ist.

Was es geschlagen hat.

Hat mein Vater immer gesagt.

Von meinem Zimmer aus kann ich die Kirchenglocken hören. Um Mitternacht ist es am schlimmsten, da schlagen sie zwanzig Mal. Zweimal für jede Viertelstunde, dann zwölfmal für Mitternacht. Ich möchte mich nicht mehr bei jedem Schlag erschrecken. Weiß noch nicht, wie ich das hinkriege.

Gestern habe ich Post von meinem Opa bekommen. Er schreibe jetzt vielleicht nicht mehr so häufig Briefe, er habe jetzt nämlich endlich einen Telefonanschluss und ein Telefon erhalten. Ein schwarzes, an der Wand im Flur festgeschraubt. Nach monatelangem Warten. Viele, die er kenne, warteten noch immer. Auch seit Monaten. Ob ich denn wisse, wie man richtig telefoniert, hat er mich gefragt und ob ich den Unterschied zwischen Summton, Rufton und Besetztzeichen kenne. Bald könne man sogar direkt nach Amerika anrufen, ohne über die Telefonzentrale gehen zu müssen. Aber das sei ihm sowieso viel zu teuer.

Ich kann ihn nicht anrufen, unmöglich, von hier aus. Briefe schreiben schon, aber die werden alle kontrolliert. Auch die, die man erhält. Es ist hier wie in einem Gefängnis, obwohl die Aufpasserinnen sagen, es sei keines. Ich bin noch zu jung dafür. Siebzehn, da kommt man nicht ins Gefängnis, erst als Erwachsene, mit zwanzig. So gesehen habe ich vielleicht noch Glück gehabt. Vielleicht. Sie müssen es entscheiden, vielleicht hilft es, wenn ich möglichst viel von mir erzähle. Reden tu ich ja gerne. Das habe ich letztes Mal schon gesagt. Es steht Ihnen frei, damit zu machen, was Sie für richtig halten.
Richtig, recht, im Recht sein und recht bekommen. Darüber habe ich in den vergangenen Tagen immer wieder

nachgedacht. Die meisten hier finden, sie seien völlig zu Unrecht hier. Die anderen gehörten eigentlich einge- sperrt, die, die ihnen Schreckliches angetan haben, es aber so gut verheimlichen konnten, dass es niemand merkte. Sich rausreden, den Kindern die Schuld geben, weil sie sich immer so störrisch aufführen. Viele sind von zu Hause weggelaufen, wurden aber von der Polizei so- fort zurückgebracht. Ich glaube, die Polizei steht immer auf der Seite der Erwachsenen. Überhaupt

überhaupt alle Erwachsene. Sie verbünden sich unterei- nander. Gegen die Kinder.
Die eigenen Kinder.
Sogar gegen die eigenen Kinder.
Und fühlen sich immer im Recht.
Und bekommen immer recht.
Das finden die meisten hier total ungerecht.

Ich auch.

Haben Sie eigentlich ein Tonband laufen? Ich sehe keines hier. Wie wollen Sie sich denn merken, was ich erzähle? Sie machen sich auch keine Notizen. Das finde
ich gut. Es würde mich stören, dieses ständige Kratzen
des Stifts auf dem Papier. Ich fühlte mich dann noch viel
mehr beobachtet.

Ich habe gezögert, es Ihnen zu sagen. Versuche es trotzdem.

Heute ist der

Todestag

meiner Mutter.

Fünf Jahre ist es her. Wissen Sie, wie das ist, wenn man
seine Mutter verliert und erst zwölf Jahre alt ist? Sie
hatte MS, und deswegen musste ich die meiste Zeit bei
einer Pflegetante wohnen. Aber ich habe sie so lieb gehabt, nicht die Pflegetante, meine Mama. Und sie mich
auch. Das weiß ich. Ich habe nie geglaubt, dass ich wo-
anders wohnen muss, weil sie mich nicht lieb hat. Viele
Kinder denken das. Ich habe das nie gemeint. Sie war
halt schwach wegen der Krankheit, und darum war sie
überzeugt, es ginge mir bei der Pflegetante besser. War
aber überhaupt nicht so. Aber davon habe ich ihr nie
erzählt.

Damit sie nicht noch trauriger wird.

So traurig, wie ich die ganze Zeit war.

Und wütend.

Am meisten immer dann, wenn ich der Pflegetante bei der großen Wäsche helfen musste und ich sicher war, dass darunter auch Unterhosen von meinem Vater waren. Zugegeben hat sie natürlich nichts. Hat gemeint, Kinder seien doof. Viele Erwachsene denken, Kinder seien doof und kapierten nichts. Wenn sie das, was verschwiegen werden sollte, nicht selbst den Kindern sagen, erfahren sie es auf anderen Wegen. Auf der Straße, von anderen Kindern. Oder weil sie gerade ein Gespräch in der Küche mitgehört haben, das eigentlich hätte geheim bleiben müssen.

Habe ich richtig gesehen? Sie tupfen sich die Augen mit einem Taschentuch ab? Hätte ich das nicht sehen dürfen? Das bringt mich ein bisschen durcheinander.

Ein Stofftaschentuch. Fast das gleiche Muster, wie die Nastücher von meinem Vater, die manchmal auch unter der Wäsche waren. Also, Sie haben auch sonst Ähnlichkeiten mit ihm, finde ich. Diesen schmalen Haarkranz

um den Kopf, sonst Glatze, dichte Augenbrauen, braune
Augen, dicker Bauch

Tschuldigung.

Das hätte ich vielleicht nicht sagen sollen. Aber Sie er-
innern mich an meinen Vater. Da kann ich nichts dafür.
Ich kann auch nichts dafür, dass ich so einen Vater habe.
Ich krieg ihn nicht aus meinem Gedächtnis. Ich glaube

ich glaube

nein, ich weiß, dass er schuld war,
schuld ist
am Tod meiner Mutter. Schauen Sie mich nicht so an. Es
stimmt. Er hat ihren Rollstuhl nicht arretiert, sie saß
drin, der Rollstuhl fuhr immer schneller,
kippte um.
Die inneren Verletzungen hat meine Mutter nicht überlebt.
Noch dazu mit MS.

Heute ist es sonniger als letztes Mal. Vom Wetter kann
man immer reden. Meine Mutter konnte das Wetter vor-
hersagen, vor allem den Wetterumschwung von schön
auf Regen oder Schnee. Weil ihr die Beine dann besonders fest wehgetan haben. Es war komisch, sie hatte fast

keine Gefühle mehr in den Beinen, aber wehgetan haben sie ihr trotzdem. Vor allem beim Wetterumschwung. Von schön auf Regen oder Schnee.

Noch zehn Minuten. Aber die kann ich jetzt nicht mehr mit Reden ausfüllen.

Ah, das fällt mir doch noch was ein. Zu mir gehört auch mein Bruder. Das haben Sie bestimmt in den Akten gelesen. Wir sind die meiste Zeit nicht zusammen aufgewachsen. Seinen Namen möchte ich nicht nennen. Sie fragen sich vielleicht, weshalb. Gut, es steht ohnehin in den Akten. Ich möchte trotzdem darauf verzichten, seinen Namen zu nennen. Weil Sie sonst womöglich Macht über ihn gewinnen. Wer den Namen kennt, Sie wissen schon. Vielleicht ist das abergläubisch. Ist mir egal. Ich bin katholisch aufgewachsen, und da war Aberglaube verpönt. Inzwischen denke ich längst, dass eh jede Religion ein Aberglaube ist. Wegen dem ›Aber‹ vor dem Glauben.
Sie legen Ihre Stirn in Falten. Kann ich verstehen, versteht auch nicht jeder so auf Anhieb. Obwohl die Erklärung einfach ist.

Einen Augenblick, ich muss einen Schluck Wasser nehmen.

Also – Stellen Sie sich vor, jemand, der sich zum Beispiel wirklich gut mit Steinen im Gebirge auskennt, erklärt jemandem, der davon überhaupt keine Ahnung hat, was auf dem Stein zu sehen ist. Man sieht darin eingelassen Fossilien von einem Schmelzschuppenfisch oder von dem Kopf eines langschnäuzigen Knochenfisches. Diese Person nimmt sich also die Mühe, alles klitzeklein zu schildern, wie es dazu kam, dass auf einer Höhe von über zweitausend Metern über Meer solche Fossilien zu finden sind. Die andere Person hört zwar konzentriert zu, sagt dann aber mit voller Überzeugung: Aber ich glaube, das war ganz anders. Wie, weiß nur Gott.

Sehen Sie, Aberglaube ist ein Totschlagargument, wie unsere Geografielehrerin immer gesagt hat.

Totschlagargument sollte ich nicht einfach so locker dahersagen.

Dagegen ist mein Aberglaube geradezu harmlos. Finde ich.

Ich würde jetzt gern gehen. Tschuldigung.

Adieu.
Habe mich gerade gefreut, dass ich mir die komplizierten Namen der Fische so gut merken konnte.

Adieu.

Drei

Guten Morgen.
Morgen ab jetzt, weil die Stunde vom Nachmittag auf
den Morgen verschoben wurde. Neu habe ich jetzt auch
Schulunterricht. Das wissen Sie sicher. Ich bin aus dem
Gymnasium rausgeflogen. Das ist Ihnen auch bekannt.
Aus den Akten. Schlau genug wäre ich wahrscheinlich
gewesen. Ob auch das in den Akten steht, weiß ich natürlich nicht. Bleibt wahrscheinlich ein Geheimnis. Wieder
so ein Geheimnis unter Erwachsenen.

In meinem Kopf turnten immer andere Gedanken herum. Wie ich mich an meiner Pflegetante rächen könnte.
Und an meinem Vater. Und was meine Mutter alles mit-
kriegt. So abhängig von ihm. Die Pflegetante kam auch
meistens mit in die Winterferien. Im Sommer eher selten,
da fuhr sie nach Deutschland zurück, dorthin, wo sie
herkam. Schalke, glaube ich, heißt es. Sie strickte viel,
alles in Blau und Weiß, wegen Schalke.
Im Winter aber kam sie jeweils mit, um meiner Mutter
beim Anziehen und so zu helfen. Und um mit meinem
Vater zu sein. Sie hatte immer ein Zimmer in der Dépen-
dance des Hotels. Gleich neben meinem, deshalb habe
ich immer alles gehört.

Wildhaus hieß das Dorf.

Schmunzeln Sie nicht. So wild war es nicht, aber laut genug. Erst im Nachhinein hat sich bei mir vieles geklärt.

Vielleicht ist es ganz gut, wenn meine Mutter nichts geahnt hat. Sie war, wie gesagt

abhängig.

Abhängig wie Kinder von den Eltern sind.

Kranke von Gesunden.

Es ist schwierig zu erklären, was dann mit einem Kind geschieht. In dieser Abhängigkeit und der ständigen Angst vor Prügel und Beschimpfungen. Ich habe nicht mitgezählt, wie oft mir mein Vater den Tod gewünscht hat.

Verreck doch, du Mistvieh!
Um dich wäre es nicht schade.

Solche Dinge.
Im Vergleich dazu waren die Prügel, wie soll ich sagen? – sie taten weniger weh. Und der Schmerz ließ bald nach. Das andere aber setzt sich fest.

Sie könnten mir sicher einiges dazu erklären. Aber ich frage Sie nicht. Ich will selber draufkommen. Keine fremden Gedanken in mich aufnehmen. Sollten sie auch noch so klug sein. Sie sind ein Fremder, obwohl Sie mich so an meinen Vater erinnern. Auch wie Sie dasitzen, die Beine übereinandergeschlagen, den Ellbogen auf der Stuhllehne aufgestützt, die Wange in der geöffneten Hand parkiert. Nur ich kann Sie so sehen, Sie selbst können sich nicht sehen. Auch nicht wahrheitsgetreu in einem Spiegel. Kommt mir gerade ganz komisch vor.

Irgendwie ist es mit Macht verbunden. Sie so anzuschauen. Bin es gar nicht gewohnt.
Ich kann Sie anschauen, Sie mustern. Sie können nichts dagegen tun. Je größer die Körpergröße, desto größer die Fläche zum Anschauen.

Da fällt mir gerade ein, dass ich mich in der Primarschule mehr als einmal in die Ecke stellen musste, das Gesicht der Wand zugewandt. Auf Geheiß der Lehrerin, weil ich mich schämen sollte für irgendetwas, an das ich mich natürlich nicht mehr erinnere, weil es mir damals schon nicht einleuchtete. Wenn ich es mir aber heute überlege, hatte das auch Vorteile.

Jetzt schauen Sie so starr. Oder ist es nachdenklich? Wegen der Vorteile etwa? Vielleicht möchten Sie sich auch gerade –

nein, blöd von mir.

Tschuldigung.

Also wegen der Vorteile, wenn man sich in die Ecke stellen muss. Man fühlt sich weniger ausgeliefert, wenn die Blicke der Lehrerin nur auf den Rücken treffen, nicht aber auf das Gesicht, die Vorderseite des Körpers, die viel empfindlicher ist als die Rückseite.

Danke, dass hier jedes Mal ein frisches Glas steht.

Ich fühle mich gerade ziemlich leer. Wie ausgelaufen. Vielleicht habe ich schon zu viel erzählt, oder zu viel auf einmal. Ich weiß nicht. So viel aufs Mal habe ich jedenfalls schon lange nicht mehr gesagt.

Ich nehme jetzt mal das Kissen hier, um es mir auf den Bauch zu legen, die Arme darauf. Tut gut.

Beruhigend.

Wie mit einem Teddybären.

Meiner hieß Charly. Was heißt, hieß? Heißt! Ich habe Charly nämlich hierher mitgenommen. Charly, wie Charly Elsener. Als Mann kennen Sie ihn bestimmt. Den Goalie. Jetzt spielt er nur noch im FC Höngg. In der zweiten Liga. Aber vorher, in der Nationalmannschaft… Ich war nicht die Einzige, die für ihn geschwärmt hat. In der Quali zur WM vor vier Jahren hat er sogar einem Gegner wieder auf die Beine geholfen, der wegen eines Waden-krampfes nicht mehr aufstehen konnte. Sportlich, muss ich schon sagen.

In diesem Sommer war gerade wieder eine Fußball-WM. In Mexiko. Brasilien zum dritten Mal Weltmeister und darf deshalb den Pokal behalten. Mein Vater war total begeistert. Auch vom Torschützenkönig.

Einem Deutschen, Müller, glaub' ich, heißt er. Sollte man sich eigentlich gut merken können. Müller. Aber viel-leicht tat mein Vater auch nur so begeistert. Um meiner Patentante zu gefallen. Noch mehr zu gefallen. Aber jetzt ist das sowieso egal.

Trotzdem: Ich mag sportliche Menschen, sportliches Ver-halten, weil es dabei gerecht zu- und hergeht.

Die Regeln sind klar, jeder weiß, was er zu gewärtigen hat, wenn er sich nicht dran hält. Und die Regeln ma-chen auch Sinn. Anders als in einer Familie. Dort sind die Regeln nur dazu da, die Kinder zu unterdrücken. Zu drangsalieren. Manche Erwachsene haben einen Drang, Kinder zu drangsalieren. Auch so ein Wort.

Ohne Abendessen ins Bett.

Da, wo ich jetzt bin, sind die Regeln eher wie beim Fuß-ball. Wenn du das machst, kriegst du diese Strafe, wenn du jenes machst, jene Strafe. Bunker ist am schlimmsten. Das kriegt man fürs Weglaufen. Auf die Kurve gehen, sagt man hier. Ob das überhaupt erlaubt ist? Die Kinder so einzusperren? Niemand erzählt das zu Hause, ist ja klar. Wie bei den affigen Nonnen. Da wusste auch jedes Mädchen, dass die Eltern immer den Nonnen helfen.

Haben Sie jetzt gerade ein Gähnen unterdrückt? Es ist mir lieber, Sie gähnen, wenn es Ihnen danach ist, als wenn Sie ein Gähnen unterdrücken.
Gähnen ist scheint's ansteckend. Achten Sie mal darauf. Jemand in Ihrer Nähe gähnt, und sofort müssen Sie auch. Komisch, nicht? Also gähnen Sie in Zukunft nur, dann sehen wir, ob ich dann auch muss.

Ich lasse Sie jetzt ein wenig ausruhen und möchte jetzt gehen.

Adieu.

Vier

Guten Morgen.

Ich bin noch etwas müde. Gestern Nacht bin ich lange aufgeblieben, habe die ganze Zeit aus dem Fenster geschaut. Ziemlich in der Nähe steht ein Haus. Aus dem Kamin stieg Rauch empor. Man sah ihn so gut, weil neben dem Haus eine Straßenlaterne steht. Wie ich dem aufsteigenden Rauch so zusah, musste ich an eine Deutschstunde denken. Im Mai war das. Die Lehrerin las uns ein Gedicht vor, in dem auch Rauch in die Luft stieg. Sie hat den Text ganz traurig vorgetragen.

Sie konnte es nicht fassen, dass sich vor Kurzem ein so begabter Dichter umgebracht hatte. Obwohl sie genau wusste, was ihm in seinem Leben Furchtbares widerfahren war. Der Rauch, der zum Himmel stieg. Und die schwarze Milch der Frühe. Diese Passage kommt ein paarmal vor in dem Gedicht. So unheimlich. Milch, die sich schwarz färbt und die man trinken muss. Und der, der die Menschen antreibt, ihr eigenes Grab zu schaufeln, hat blaue Augen. Aber gerade nicht, weil er naiv und gutgläubig ist.

Vielleicht wissen Sie gar nicht, wovon ich rede. Sie sind Psychiater, nicht Lyriker. Muss sich nicht ausschließen.

Kann aber. Ich sehe Sie nicken, vielleicht unwillkürlich.

Ich muss zu mir zurückfinden.

Danke, dass Sie gewartet haben. Die ganze Nacht über kriegte ich das Bild mit dem aufsteigenden Rauch nicht weg. Mir war, als hörte ich sogar die Geigen spielen. Aufspielen zum Todestanz. Und der blauäugige Aufseher hetzte die Rüden auf die Menschen, die ihr eigenes Grab schaufeln mussten.

Weil ich nicht schlafen konnte, habe ich versucht, selbst ein Gedicht zu schreiben. Versucht, sage ich. Bisher sind es nur aneinandergereihte Wörter. Das macht noch lange kein Gedicht aus.

Wo ist das Kissen? Ich möchte mir gerne das Kissen auf den Bauch legen. Ausnahmsweise muss ich Sie um etwas bitten. Fällt mir schwer, aber könnten Sie mir bitte das Kissen reichen, das dort auf dem anderen Sessel liegt?

Danke.

Tut gut. Und es ist auch nichts Schlimmes passiert, als Sie sich bewegt haben. Das beruhigt mich.

Oh, ich glaube, jetzt bin gerade ein wenig eingenickt.

Tschuldigung.

Kein Wunder, nach dieser Nacht. Nachdem uns die Lehrerin dieses traurige Gedicht vorgelesen hatte, bin ich
noch durch die Stadt geschlendert. Und dann geschah
etwas Unheimliches. Wie ich über den großen Platz beim
Opernhaus ging,
wie soll ich das erklären?
war ich plötzlich nicht mehr ich selbst. Aber auch nicht
jemand anders. Ich ging zwar, Schritt für Schritt, jedoch
mit einem furchtbaren Fremdheitsgefühl mir selbst
gegenüber. Irgendwie wie ferngesteuert. Ich weiß noch,
wie ein Mädchen aus der Parallelklasse meinen Namen
rief, aber ich dachte, sie könne nicht mich meinen. Ich
war ja gar nicht da. Mit Mühe erreichte ich die breite
Treppe, setzte mich darauf

und dann

dann

brach mit einer unheimlichen Wucht die Angst über
mich herein.

Eine schreckliche Angst. Mit Schwarz vor den Augen und Zittern und allem.

Sie sind der Erste, dem ich das erzähle. Niemandem sonst hätte ich das gesagt. Die hätten mich für übergeschnappt gehalten. War ich aber nicht und bin es auch jetzt nicht. Aber dieser Zustand hat sich noch einmal wiederholt.

Ich muss jetzt von etwas anderem reden. Mir wird sonst wieder ganz unheimlich.

Mir kommen nur lauter schreckliche Dinge in den Sinn. Wieso das mir gerade jetzt einfällt? Keine Ahnung. Vielleicht wegen dem Flieger, der momentan am Himmel vorbeidröhnt.
Das war auch in diesem Jahr, auch im Kanton Aargau, wie Spreitenbach. Wie hieß das Kaff nur?
Würme...?
Nein, mit Würmern hat es definitiv nichts zu tun.
Würne...?
Ah, jetzt fällt es mir ein: Würenlingen. Im letzten Februar. Dieser furchtbare Flugzeugabsturz. Meine Patin, die Schwester meiner Mutter, hat fast am Radio geklebt, um wirklich alles mitzukriegen. Keiner überlebte. Auf dem Flug nach Tel Aviv. Palästinenser seien die Attentäter gewesen. Sie war so wütend, meine Patin, meine ich, weil es eine Maschine der Swissair gewesen war und der Anschlag eigentlich einer EL AL gegolten hätte.

Ihre Wut verstand ich nie, fand ich zynisch und gegen die Juden. Sie ist aber immer mehr so geworden.

Versteh ich nicht.

Ich saß unendlich lange in U-Haft. Fast niemand hat mit mir geredet. Das ist wahrscheinlich der Grund, warum ich jetzt so viel erzähle.
Das Kissen auf meinem Bauch wärmt vielleicht sogar meine Stimmbänder. Keine Ahnung.
Wie spät ist es? Ihr kleiner Wecker ist verrutscht.
Aber ich geh jetzt sowieso. Bisher haben Sie mich immer gehen lassen, wenn ich wollte. Sie dürfen sich auf keinen Fall umentscheiden.

Adieu.

Fünf

Guten Morgen. Muss zuerst mal ausschnaufen. Bin fast zu spät. Ein Mädchen vom Zimmer nebenan hat mich aufgehalten. Hat geflucht über die Zustände hier.

Was liegt denn da auf dem Tisch? Wo sonst nur ein Wasserglas und die kleine Lampe steht? – ›Für Katharina‹ steht auf dem Zettel. Für mich? – Muss so sein, Katharina, das bin ich. Denn seit ich hier bin, bin ich wieder eher ich selbst.

Ah – Zeitungsartikel und ein Bericht aus dem ›Spiegel‹. Alles zum Unglück von Würenlingen. Das ist nett von Ihnen. Danke. Ich werde es später in meinem Zimmer lesen. Dann verstehe ich bestimmt auch besser, was genau meine Patin so umgetrieben hat. Ich glaube, es war noch mehr als nur wegen ihres Onkels, der bei dem Absturz umkam.

Meine Patin. Auch da habe ich keine Ahnung, was Sie über sie wissen. Und ob das, was in den Akten steht, wahr ist.

Wenn ich darüber nachdenke …

Als ich ein kleines Kind war, war sie so lieb mit mir. Hat mich richtig verwöhnt. Manchmal durfte ich bei ihnen übernachten. Ich glaube, sie hatte Mitleid mit meiner Mutter, also ihrer Schwester. Einmal, das war schon viel später, fuhr sie mit mir nach Clairmont, wo sie als Jugendliche im Internat war. Ich dachte, sie wollte es mir einfach so zeigen. Aber plötzlich hatte ich das Gefühl, dass es eine Art Vorbereitung für meinen eigenen Aufenthalt sein sollte. Bei diesen affigen Nonnen. Das hat mein Vertrauen in sie wahnsinnig erschüttert. Trotzdem ging ich als Erstes zu ihr, als ich aus dem Internat abhaute. Ich hatte keine andere Möglichkeit. Zu meinem Vater? Unmöglich, dieses Aas, ein solcher Verbrecher.

Bei meiner Patin konnte ich dann bleiben. Aber etwas in mir blieb kaputt.

Keine Ahnung, warum mich ihre Kinder … Man sieht sich ja nie von außen. Das habe ich schon mal gesagt.

Jedenfalls haben sie mich ziemlich gemieden. Manchmal musste ich die Schuhe meiner ältesten Cousine putzen. Die waren richtig dreckig, weil gleich neben der Villa, wo wir wohnten, ein großer Wald war. Und nach dem Regen, Sie wissen schon, wie Schuhe dann aussehen. Ganz in der Nähe gab es im Frühling einen Teich mit Kröten und Fröschen. Die hab ich nachts bis in mein Zimmer gehört. Hat mich aber nie gestört.
Die Frösche! Waren Sie mal in dem Froschmuseum in

Clairmont? Das ist da, wo ich in diesem scheinheiligen Mädchenknast war. Internat, puuh! Aber die Frösche waren sehenswert. Gruselig. Also, sind es noch immer. Über hundert Stück, vor x Jahren im tiefgefrorenen Zustand ausgenommen, mit Sand aufgefüllt, am Rücken gut sichtbar zusammengenäht. Mich hat es so geekelt, als mich meine Patin dorthin führte. Manche sieht man wie in einer Schulklasse, andere beim Kegeln…

Zum Tschudere.

Vor x Jahren. Meine Mutter hat immer ›ämel x‹ gesagt, wenn sie dabei war, eine Geschichte zu erzählen, sie dann aber doch nicht zu Ende – eben: ›ämel x‹.

Heute habe ich nicht richtig was zum Berichten. Habe mir auch keine Notizen gemacht seit dem letzten Mal. Obwohl ich eigentlich gern schreibe. Muss mich mal erkundigen, ob die mir hier vielleicht eine Schreibmaschine ins Zimmer stellen würden.
Mein Vater hatte eine Olympia. Auf die trapezoide Form der Tasten war er stolz wie ein Pfau, wo doch die früheren Maschinen alle runde Tasten hatten. Ich musste ›trapezoide‹ so lange wiederholen, bis ich es ohne zu stottern konnte. Und kann es bis jetzt. Und seither weiß ich auch, was ein Tabulator ist. So schlau wird man eben, wenn man einen so schlauen Vater hat. So schlau, dass er meint, vor mir geheim halten zu können, was er mit meiner Pflegetante hatte.

So schlau.

Keinen Moment hat er darüber nachgedacht, dass auch Kinder Augen im Kopf haben und Ohren und ein Hirni und

und

beurteilen können, ob etwas recht oder unrecht ist. Oder sagt man richtig oder falsch?

Ich muss mich kurz schneuzen.

Heute erinnern Sie mich nicht so sehr an meinen Vater. Komisch. Manchmal schon, manchmal nicht. Sie tragen heute einen Rollkragenpulli, etwas, das mein Vater nie anhatte. Mit seinem kurzen Hals. Auch die Ärmel seiner Hemden musste er immer kürzen lassen oder mit einem Gummiband um den Arm hochziehen. Für einen Mann ist er ziemlich klein.

Meine Geschichtslehrerin, also die im Gymi, hat mal gesagt, dass es häufig klein gewachsene Männer sind, die sich so aufspielen. Napoleon zum Beispiel, Attila, Chruschtschow. Ich weiß nicht viel über diese Männer, nur eben, dass sie klein waren und alles dafür taten, an die Macht zu kommen. ›Mit der Wut des Kleinen‹, hat unsere Lehrerin gesagt.

Mein Vater hatte zwei Frauen. Jetzt hat er gar keine mehr. Deswegen hat er mich wohl bei jeder Gelegenheit durchgeprügelt. Bis ich an den Wochenenden nicht mehr zu ihm wollte.

Ich sehe, dass Sie sich am Kopf kratzen. Machen Sie das, wenn Sie nachdenken? Vielleicht, weil mein Vater von zwei Frauen plötzlich auf null herunterfahren musste?

So kann's gehen. – Übrigens ein Spruch von meiner Pflegetante. Dann hat es sie selbst erwischt. Das mit meiner Mutter habe ich Ihnen schon gesagt, dass nämlich mein Vater ihren Tod verschuldet hat. Nicht, dass er sie direkt umgebracht hat, aber er hat ihren Tod mitverursacht. Das muss ich Ihnen nicht ein zweites Mal sagen. Möchte ich auch nicht, sonst kriege ich wieder die Wut.

Moment, ich muss mal kräftig husten. Muss dazu aufstehen, mich nach vorne beugen.

So –

Tschuldigung.

Meine Pflegetante, das wollte ich kurz sagen. Wurde verpfiffen. Bei der FrePo, Fremdenpolizei. Sie war ja aus Schalke, hatte in der Schweiz nur eine Bewilligung als Haushaltshilfe oder so. Als ich dann im Internat war, hatte sie mit mir nichts mehr zu tun und begann, in einem Lebensmittelladen zu arbeiten. Irgendjemand muss gewusst haben, dass ihr das vom Gesetz her verboten war.

Hat sie bei der FrePo angezeigt.

Soviel ich weiß, stand eines Morgens, noch im Dunkeln, die Polizei vor ihrer Wohnungstür. Meine Pflegetante hat sofort alles zugegeben. Die Woche drauf musste sie aus der Schweiz weg. Nichts mehr mit Grüezi. Nur noch Glückauf-Kampfbahn, von der sie mir immer vorgeschwärmt hatte. Ihr Papi hatte sie sogar als kleines Mädchen zu den Fußballspielen mitgenommen.

Mein Vater war so wütend. Hätte sie aber trotzdem nicht heiraten wollen, damit sie das Problem mit der Aufenthaltsbewilligung nicht gehabt hätte.

Es ist alles so widerlich.

Wie spät ist es?

Wieso lassen Sie mich eigentlich so reden und sagen selbst keinen Pieps? Warum akzeptieren Sie das? Das habe ich mich in der letzten Zeit oft gefragt.

Die Erwachsenen möchten sonst doch immer Einfluss nehmen auf die Kinder oder Jugendlichen. Übrigens – Teenie ist mir viel lieber als Backfisch. Backfisch hat meine Pflegetante oft zu mir gesagt. Aber die war sowieso von gestern.

Aber wahrscheinlich steckt bei Ihnen eine Methode dahinter. Da hat es gerade gut gepasst, dass ich wollte, dass Sie schweigen und sich nicht einmal räuspern. Eine Freundin von mir war mal in der Psychi. Im Bli, genau gesagt. Wir sagen nur Bli zum Burghölzli. Mit dem gääle Wägeli haben sie die durchgedrehten Leute abgeholt. Das ist so eine Art Kastenwagen, gelb angestrichen. Gesehen hat diesen gelben Wagen aber nie jemand. Weil er wahrscheinlich immer im Dunkeln kommt. Meine Pflegetante wäre jedenfalls mehr als einmal ein Fall für das gääle Wägeli gewesen.

Wo war ich stehen geblieben?

Jetzt wäre ich fast froh, Sie würden mir auf die Sprünge helfen.

Wegen Ihrer Methode, habe ich überlegt. Und dass es gut mit meinem Wunsch zusammenpasst, dass Sie nichts sagen.

Ah, meine Freundin. Sie war im Bli, weil sie sich vor den Zug werfen wollte.

Aber jetzt habe ich den Faden verloren. Ich gehe jetzt lieber.
Nehme die Zeitungsartikel mit.

Danke.

Adieu.

Sechs

Guten Morgen.

Ich habe die Zeitungsausschnitte dabei. Habe alle gelesen. Die Namen der Leute, die bei dem Absturz ums
Leben kamen, sind nirgends erwähnt. Aber ich bin sicher wegen dem Onkel meiner Patin. Es hat ja niemand
überlebt.

War ein richtiges Attentat. Sieben Minuten nach dem
Start in Kloten – wumms, die Explosion einer Bombe im
Frachtraum.

Schon schlimm.

In einem Artikel hat man sich gefragt, weshalb an den
Flughäfen nicht alles besonders gut überwacht wurde.
Schon ein paar Tage vorher hätten doch Palästinenser
versucht, in München-Riem eine EL AL-Maschine zu
entführen. Ein toter Passagier, durch eine Handgranate.
Und wenig später sei auch,

Moment mal, das muss ich nachschauen,

ich hab's gleich –

da: sei ein Haus der Israelitischen Kultusgemeinde in
Flammen aufgegangen.

Das alles hat meine Patin nicht gekratzt. Erst als es
Schweizer waren und keine Juden. Als wären Juden

keine Schweizer oder Deutsche oder Amis. Meine Patin ist so doof.

Bei uns, also bei meiner Patin zu Hause, lag immer die Zeitung von Schwarzenbach herum. Bestimmt hat sie im Juni mit Ja gestimmt. Wir hatten das in der Schule durchgenommen. Die Abstimmung. ›Schwarzebachab!‹ haben wir auf dem Heimweg gegrölt.
Weil wir nicht wollten, dass fast alle Italiener die Schweiz verlassen müssen. Wenn die Abstimmung durchkäme.

Ich vor allem nicht. Wegen Lorenzo. Wenn es nach meinem Vater gegangen wäre, hätte er in der Primarschule nicht neben mir sitzen dürfen.
Lorenzo, dieser Tschingg, hat mein Vater immer gesagt. Sie lebten in einer Baracke, zwei Räume für vier Personen. Die Eltern und die beiden Kinder. Der Vater hat gekrampft für zwei, auf dem Bau. Die Mutter ist putzen gegangen. Deswegen konnten sie später in eine richtige Wohnung umziehen.
Aber in der Schweiz hat man immer auf sie heruntergeschaut. Auf das Pack aus Italien. Der Schwarzenbach wollte möglichst alle wieder loswerden. Aber die meisten Menschen in der Schweiz, also die, die abstimmen konnten, waren zum Glück dagegen. Aber das brauche

ich Ihnen alles gar nicht zu erzählen. Ich habe es nur noch mal gesagt wegen Lorenzo. Den habe ich nämlich immer noch lieb.

Sind Sie etwa auch ein Ausländer? Cotti. So heißen Sie doch. Könnte auch ein Name aus dem Tessin sein. Im ›Spiegel‹, den Sie mir letztes Mal mitgebracht haben, stand auch etwas über Psychiater, die gegen die Psychiatrie sind. Hier finde ich es nicht so schlimm, es ist ja auch keine Psychi. Nur geschlossen. Ich wüsste gar nicht, wohin, wenn ich von hier abhauen würde.
Psychiater, die gegen die Psychiatrie sind. Das ist wie Lehrer, die gegen die Schule sind. So jemanden habe ich noch nie kennengelernt, nur solche, die gegen die Kinder sind. Ist aber immer noch weniger schlimm als Eltern, die ihre eigenen Kinder hassen.

Meine Patin ist schon lange nicht mehr nett zu mir. Ich glaube, ich wurde ihr zu viel. Zu ihren drei eigenen Kindern noch ich.

Lorenzo. Er
er
hat sich hier nie richtig wohlgefühlt. Ist darum weggegangen. Zu seiner Oma in Italien. Er wollte nicht immer der Tschingg sein. Ist zu ihr, auch, damit sie nach dem Tod ihres Mannes nicht so alleine ist.
Jetzt bin ich ganz allein.

Ich muss mein Taschentuch suchen.

Tschuldigung.

Ich gehe jetzt lieber.

Sieben

Heute Nacht habe ich wieder diesen Rauch aus dem Kamin aufsteigen gesehen.
Sowieso ist alles düster.
Ich weiß nicht, wann die Sonne zum letzten Mal geschienen hat. Immer dieser Nebel. Alles drückt.

Alles drückt mich herunter.
Ich komme nur auf düstere Gedanken.
In diesem Nebel.

Und wenn nachts der Rauch aus dem Kamin aufsteigt.
Und wenn ich weiß, dass sich der Dichter das Leben genommen hat. War auch ein paarmal in der Psychi. Fand keinen Ausweg aus seinem Kummer. Und hat dabei so schöne Gedichte geschrieben. Wahrscheinlich verstehe ich nichtmals die Hälfte, aber unsere Lehrerin hat sie immer so
wie soll ich sagen?
mit Hingabe, vielleicht,
ja, mit Hingabe vorgetragen. Hingabe ist ein schönes Wort.
Irgendwas hat sie im Innersten mit diesem Dichter verbunden.

Ich bin heute gar nicht gut drauf. Dieses Jahr ist sowieso schrecklich.

Schauen Sie mich nicht so an. Ist es Ihnen denn wurst, dass sich die Beatles aufgelöst haben? Und dass Simon und Garfunkel ihr letztes gemeinsames Album heraus-brachten, ›Bridge over troubled Water‹. Die beiden seien nur auf der Bühne harmonisch gewesen, musikalisch harmonisch, dahinter würden sie sich hassen und be-schimpfen. Habe ich im ›Bravo‹ gelesen. Der eine von beiden ist ja auch so ein Kleiner. Muss immer überlegen, wer wie heißt. Paul Simon ist der Kleine, eins sechzig nur. Habe ich auch im ›Bravo‹ gelesen.

Als Brian Jones von den Stones letztes Jahr starb, wurde ich auch ganz traurig. Woran er starb, weiß kei-ner. Jedenfalls lag er tot auf dem Boden des eigenen Swimmingpools. Jimi Hendrix ist auch tot. LSD. Janis Joplin.

Ich habe auch schon überlegt, ob solche Drogen nicht auch für mich...

es müsste ja nicht gerade LSD sein

Haschisch ist jedenfalls zu wenig stark.

Das kriegt man übrigens auch hier drinnen.

Falls es Sie interessiert.

Letzte Nacht habe ich was Blödes geträumt.

Von einem Flughafen.

Kunststück.

Würenlingen.

Jedenfalls wollte ich zum Gate. Habe die Leute nach dem Weg gefragt. Keiner wusste was und wie. Auch der Kellner in einem Restaurant hatte keine Ahnung. Es wurde immer später, der Flieger wäre gleich gestartet. Doch mit meiner Fragerei bin ich immer weiter weg vom Gate geraten. Bis ich schließlich draußen auf dem Vorplatz des Flughafens stand und das Flugzeug aufsteigen sah. Ohne mich.

Ich sitze hier fest. Eingesperrt. Unfreiwillig.
Aber wahrscheinlich zu Recht.

Jetzt erinnern Sie mich wieder so an meinen Vater. Wie Sie mir so gegenübersitzen. Die Beine übereinanderge-schlagen, das Kinn in der offenen Handfläche. Wie schon mal.
Die Leviten lesen hat es mein Vater genannt, wenn er nicht gerade dreingehauen hat. Dann saß er mir auch gegenüber, wie Sie jetzt, aber weniger entspannt, aber auch so direkt gegenüber. Ich habe mich nie getraut, ihm seine Geschichte mit meiner Pflegetante um die Ohren zu hauen. Eben wegen dem Hauen. Sie wissen, was ich meine.

Ich habe dann mal in einem Lexikon nachgeschaut, was Leviten lesen überhaupt bedeutet. Dabei habe ich diese hebräischen Buchstaben entdeckt. Ich könnte nicht sa-gen, weshalb, aber diese Schrift hat mich direkt berührt. Mit Religion hat das sicher nichts zu tun. Ich bin schon längst nicht mehr gläubig. Muss nur noch aus der Kirche austreten. Aber diese Buchstaben… So geheimnisvoll, doch wenn man weiß, wie, kann man sie entziffern, und dann ergibt es einen Sinn.

In der Kirche lernt man ja ein bisschen Latein. In der katholischen natürlich. Das ›Vaterunser‹ auf Lateinisch, Pater noster, qui est in caelis, sanctificetur nomen tuum, adveniam und so weiter und so fort. Das Glaubensbekenntnis, Ave Maria, gratia plena…

Den Rest erspare ich Ihnen.

Mein Vater und Maria.

Mein Vater und Maria.

Nein, das würden Sie niemals glauben.

So verlogen, so extrem verlogen.

Aber die Katholen können immer beichten gehen. Aus den zehn Geboten kann man sich auswählen, was einem gerade so passt. Ich habe gemerkt und auch von anderen gehört, dass sich die Pfaffen am meisten für das interessieren, was irgendwie mit Keuschheit zu tun hat. Manchmal hat der Pfaff hinter dem Holzgitter richtig schwer geatmet. Sicher nicht nur, weil er ein Fettsack war. Dieser Bauch. Abscheulich.

Er war so dick, dass er einmal an einem hohen Feiertag nicht mehr aufstehen konnte. Also – aus irgendeinem Grund hat er sich längs auf den Boden gelegt, auf den Bauch, vorne, in der Nähe des Altars. Keine Ahnung, wieso. Jedenfalls – als er wieder aufstehen wollte, brachte er praktisch keine Bewegung zustande. Zwei von den größeren Ministranten haben ihm dann wieder auf die Beine geholfen. Er knallrot im Gesicht. Und wir in den Bänken haben nur noch geprustet.

Radio dürfen wir hier manchmal hören, Fernsehen gibt es nur ausnahmsweise. Im Radio habe ich also gehört, dass der Papst während seines Besuchs auf den Philippinen nur knapp einem Attentat entgangen ist. Pillen-Paul hat meine beste Freundin immer gesagt, die, die schon seit zwei Jahren mit ihrem Freund zusammen war und sich ständig fürchtete, schwanger zu werden.

Sind Sie katholisch? Tessiner oder Italiener sind häufig katholisch. Was die Eltern bei Kindern nicht schaffen, schafft die Kirche. Die Beichterei gehört zum Schlimmsten.

Jetzt legen Sie wieder Ihre Stirn so in Falten.

Weiß nicht, warum das so schwierig zu verstehen sein soll. Ein kleines Kind wird gezwungen, dem Pfaff hinter dem Holzgitter zu sagen, was es getan oder eben nicht getan hat. Geht den doch überhaupt nichts an. Tut dann aber so, als würde er einen nicht erkennen, so im Dunkeln des Beichtstuhls. Lächerlich, das zu glauben. Womöglich erzählt er dann auch den Eltern des Kindes, was er so alles von ihm erfahren hat. Er fragt ja manchmal auch nach.

Vielleicht möchte ich auch deshalb nicht, dass Sie mir Fragen stellen. Fällt mir gerade so ein. Weiß nicht. Schon möglich.

Als ich zum allerersten Mal beichten gehen musste, bin ich auf halber Strecke umgekehrt, weil mir überhaupt nichts einfiel, was ich sagen sollte. Ich musste so weinen, weil ich gleichzeitig wusste, dass ich versagt habe. Schon vor dem allerersten Mal. Mein Vater hat mit mir geschimpft, als es ihm meine Mutter abends erzählte. An diesem Wochenende war ich zu Hause, damit meine ich, bei meinen Eltern. Das durfte ich hin und wieder. Meine Mutter fand das mit dem Beichten oder eben nicht Beichten eher lustig, wollte mich bei ihm nicht anschwärzen, aber er hat den Putzschrank aufgemacht, den Teppichklopfer...

Mehr brauche ich Ihnen nicht zu sagen.

Und trotz alldem schickte er mich später zu diesen ekligen Nonnen ins Internat. Vielleicht gerade deshalb. Weil ich Beichten immer gehasst habe. Aber diese Frösche, sofort sehe ich die Frösche wieder vor mir.

Ich muss jetzt eine Pause machen.

Gerade jetzt sehen Sie sympathisch aus. Vielleicht ist es nicht nur vorgetäuscht, dass Sie sich dafür interessieren, was ich erzähle. Oh, gerade haben Sie leise genickt.

Geht das, leise nicken?

Weil es so leise war, hat es mich nicht einmal gestört.

Trotzdem möchte ich nun gehen.
Adieu. Leben Sie wohl.

Lebewohl. Es gibt Hühneraugenpflaster, die so heißen.
Meine Pflegetante hatte sie bei sich im Spiegelschrank
stehen.

Leben Sie wohl.

Acht

Jetzt liegt schon wieder etwas auf dem Tisch. Wieder von Ihnen? Ich schaue es mir nachher gleich an.

In den letzten Tagen konnte ich ja nicht so gut schlafen, das habe ich Ihnen schon mal gesagt. Bilder steigen vor meinen Augen auf, wie zum Beispiel gestern Nacht

hm

hm.

Das Mädchen.

Ungefähr neun Jahre alt.

Steht am Fenster.

Am Küchenfenster. In der Hand eine Scheibe Brot mit Butter und Zucker drauf. Ein Zuckerbrot. Selbst zuberei-tet, weil es allein daheim ist. Ganz allein in der Wohnung. Nicht einfach so. Nein.

Sie hat Hausarrest.

Arrest wie eine Verbrecherin. Hat zur Pflegetante gesagt, sie soll doch zurück nach Schalke, wo sie herkomme. Abends kam der Vater in die Wohnung. Dann hat es Prügel abgesetzt. Mit dem Gürtel mit der schweren Schnalle. Und tags darauf Hausarrest.

Sie schütteln wieder leise den Kopf. Wahrscheinlich aus Mitgefühl. Täte mir fast ein wenig gut.
Und eben: Das Kind steht jetzt am Küchenfenster mit dem Zuckerbrot in der Hand. Der Gürtel mit der schweren Schnalle war tags davor. Schaut den Kindern zu, wie sie im Hof unten miteinander spielen.
Wissen Sie, Herr Psychiater,

darf ich das so sagen?

da wird es dem Kind bis in sein Innerstes schwarz. Richtig schwarz. Und wenn ich daran denke, greift dieses Schwarze auch jetzt wieder nach mir. Mit langen Krallen, dreckigen Krallen, spitzigen Enden. Wenn man sich entzieht, tut es noch mehr weh, als wenn man einfach stillhält.

Ich nehme an, in dem Glas hier hat es frisches Wasser. Nicht von jemandem, der vorher hier saß. Dass außer mir manchmal sonst noch jemand hier sitzt, gefällt mir nicht so.

Ämel x...
Ihre Uhr auf dem Schreibtisch ist wieder in meinem Blickfeld. Gibt mir irgendwie Orientierung.

Ist das in dem Couvert ein Brief für mich? So richtig Post von jemandem? Aber wenn es von draußen käme, stünde die vollständige Adresse darauf. Kann also nicht sein.

Moment.

Gar nicht zugeklebt?

Aha, von Ihnen. Sie möchten, dass ich allmählich anfange von dem zu reden, weshalb ich hier bin.

Also – ich finde, das mache ich doch schon die ganze Zeit.

Komisch.

Zum Beispiel das Mädchen mit dem Zuckerbrot. Sehen Sie es nicht vor sich? Oder meinen Vater mit dem Rollstuhl meiner Mutter? Die Dépendence in den Winterferien?

Ich habe mir solche Mühe gegeben, Ihnen das alles zu erzählen.

In der Schule, also im Gymnasium,
die Deutschlehrerin habe ich schon mal erwähnt.
Bei ihr im Unterricht haben wir auch ein Buch gelesen von einem Schriftsteller, der zwei Vornamen hatte, ich meine, hat. Er lebt noch. So etwas wie Hans Klaus oder Tobias Bertold oder so.

Ich muss mal kurz nachdenken.

Etwas mit T und B könnte stimmen. Ja, jetzt hab's ich: Thomas Bernhard. So heißt er.

Lesen Sie auch, Herr Psychiater? Oder nur Fachbücher?

Von diesem Thomas Bernhard also lasen wir ›Kalkwerk‹.
Unsere Lehrerin sagte, am besten würde man ein Buch
dann verstehen, wenn es irgendwie mit einem selbst zu
tun hat. Deswegen habe sie dieses für uns ausgewählt.
Kalkwerk.
War ganz neu, und sie hat extra für uns gleich einen
ganzen Klassensatz angeschafft. Ich war neugierig darauf, weil ich wusste, dass sie immer interessante Sachen mit uns lesen wollte.
Ich weiß natürlich nicht, was Sie mit Kalk verbinden.
Mein Vater hat über meine Oma, also der Frau von meinem Opa, immer gesagt, dass bei ihr in den Adern kein
Blut mehr fließt, weil Kalk alles verstopft. Über seine
eigene Mutter hätte er so was nie gesagt, aber über die
Mutter meiner Mutter fand er es immer lustig. Schön
daran fand ich jedenfalls nur, dass sie mir, solange sie
lebte, immer wieder Geld zusteckte, weil sie sich nicht
mehr erinnerte, wie viel sie mir schon geschenkt hatte.
Kalkwerk.
Sonst weiß ich nichts über Kalk.

Vielleicht wüsste Lorenzo mehr. Sein Vater arbeitet auf
dem Bau. Und seine beiden Onkel auch. Arbeiteten am
Staudamm, muss ich genauer sagen. Am Staudamm
oben bei Mattmark. Im Wallis. Keine Ahnung, ob Ihnen
das etwas sagt. Vor fünf Jahren gab es dort eine riesige
Katastrophe mit wahnsinnig vielen Toten. Wegen einem
Gletscherabbruch. Voll auf die Baracken der Arbeiter.
Lorenzo hat von seinen beiden Onkeln immer gewusst,

dass das einmal passieren würde. Die Onkel haben zum Glück überlebt. Aber das erfuhr man erst einige Tage später. Weil überall so viel Eis und Geröll herumlag. Meterhoch. Wo sie momentan arbeiten, weiß ich nicht. Der Staudamm ist jetzt fertig gebaut.

Vielleicht im Gotthardtunnel, habe ich überlegt. Dort arbeiten auch fast alles Italiener. Weil es auch so gefährlich ist. Onkel Ernst ist total begeistert, dass er dann nicht mehr über diesen blöden Pass kurven muss. Mit den Sommerpneus die Passstraße hinauf und plötzlich steckt man oben beim Hospiz im Schnee fest, verdammt noch mal...

Habe ich den Faden verloren?

Ah, wegen dem Kalk, um den ging es. Konrad ist die wichtigste Person in dem Buch. Den Namen kann ich mir gut merken, weil die Kirche, in der ich beichten gehen musste, auch so heißt. Sankt Konrad, natürlich. Nicht einfach nur Konrad. Der Mann erzählt von seiner brutalen Kindheit. Ich habe es fast nicht ausgehalten, weil alles so echt klang. Auch das wegen dem Katholizismus. Dass er die Kinder kaputt macht. Stimmt alles. Ich habe der Lehrerin gesagt, ich möchte in der Klasse nicht über das Buch reden. Habe es aber zu Hause gelesen und die ganze Zeit geheult. Und trotzdem hat es mich irgendwie

irgendwie

wie soll ich sagen?

auch getröstet. Dass einer auch so furchtbare Sachen erlebt. Und sogar darüber schreibt. Und er schreibt vielleicht darüber, weil er schon vermutet, dass er nicht der Einzige ist, der so etwas erlebt hat. Alles dunkel, lieblos, allein gelassen.

Und dann wird man von einem Mädchen aus der anderen Klasse auf dem Opernplatz angesprochen und fühlt sich nicht gemeint, weil man sich selbst verloren hat.

Auch das hat damit zu tun, wenn Sie verstehen.

Ich denke gerade noch über etwas anderes nach.

Vielleicht könnten wir ab dem nächsten Mal etwas verändern. Dass, wenn ich Sie etwas frage, Sie mir ein Kärtchen für Ja oder Nein zeigen könnten. Ich würde das gerne ausprobieren. Ich bin mir eben fast sicher, dass ich Ihre Stimme immer noch nicht vertragen würde.

Jetzt bin ich leer und möchte gehen.

Leben Sie wohl.

Mit oder ohne Hühneraugen!

Neun

Guten Morgen. Haben Sie die Kärtchen dabei?

JA

Oh, schön, richtig schön verziert, die beiden Buchstaben.
Vielleicht haben Ihre Kinder das gemalt. Haben Sie auch
eines für Nein?
Wieder JA. Was machen wir nun? Ich muss Sie etwas
fragen, das Sie mit Nein beantworten können.

Hm.

Bin ich Ihnen sympathisch?
Ich lese: JA. Falsche Frage also. Ich versuche es nochmals.
Finden Sie trotz allem, wir kommen der Sache näher?
Schon wieder JA, was mich überrascht.

Was soll ich nur fragen?

Sie haben sich vorhin am Kopf gekratzt. Haben Sie Kopf-
schmerzen?
NEIN
Endlich!

Von dem Mädchen habe ich Ihnen letztes Mal erzählt. Beim – äh, Bernhard? – Thomas? kommt immer ein Junge vor, wenn er von einem Kind schreibt. Die allermeisten Schriftsteller würden vor allem über sich selbst schreiben, hat die Deutschlehrerin gesagt. Glauben Sie das auch?

JA.

Auch der Dichter mit dem Rauch aus dem Kamin, hat die Lehrerin gesagt. Weil sie viel über den Dichter gelesen hatte. Und natürlich auch von ihm selbst.
Dein goldenes Haar Margarete.

Gibt es eigentlich einen Unterschied zwischen einem Dichter und einem Schriftsteller?
JA
Kennen Sie den Unterschied, Herr Psychiater?
NEIN
Aber es gibt einen?
JA
Ich kenne ihn auch nicht. Scheiße, bin zu früh vom Gymi geflogen. Vielleicht kann ich meiner Lehrerin einen Brief schreiben und sie fragen. Wenn sie überhaupt noch etwas mit mir zu tun haben will.

Also, wenn ich schreiben würde, so richtig, Bücher und so, nicht meine Notizen zwischen unseren Stunden
jetzt sage ich schon ›unsere‹

dann würde ich auch über mich schreiben. Könnte vielleicht helfen. Keinen Schimmer, ob sich jemand dafür interessiert. Außer Sie vielleicht, Herr Psychiater. Aber bis
dann wüssten Sie sowieso schon alles.

In meinem richtigen Leben kam eben auch ein Mädchen vor. Nicht ich, ein anderes. Nach der Schule bin ich
manchmal durch die Altstadt zu einem Spielplatz gegangen. Habe nachgedacht, überlegt, dieses und jenes halt.
Auf dem Spielplatz gab es meistens einen freien Tisch
und eine Bank. Ein bisschen abseits von den Schaukeln,
der Rutschbahn und dem Sandhaufen, und was es dort
sonst noch alles gibt. An dem Tisch packte ich meine
Hausaufgaben aus, damit ich später anderes machen
konnte. Mit der Zeit kam hin und wieder ein kleines
Mädchen zu mir, setzte sich neben mich. Sie wollte wissen, was ich mache. Seit dem Sommer ging sie in die
erste Klasse. Am meisten interessierte sie sich für Zoo-
logie. Ich hatte häufig ein Heft dabei, in dem Amphibien
und Reptilien abgebildet waren.
Weißt du, fragte ich einmal, wie man einen Menschen
nennt, der sich in seinem Beruf mit diesen Tieren be-
fasst?
Sie: Tierpfleger?
Ich: Ja, ein Tierpfleger im Zoo hat auch mit diesen Tieren zu tun, je nachdem, wo genau er arbeitet. Ich meine
aber, nur mit diesen Tieren, weil er zum Beispiel etwas
Bestimmtes genauer erforschen will.

Ich weiß nicht, weshalb ich so darauf bestand, dass sie mir das Wort Herpetologin ohne zu stottern nachsagen konnte. Vielleicht, weil ich früher selbst wie ein Blödian lernen musste, ›trapezoide‹ zu sagen. Auch ohne zu stottern. Oder ich wollte einfach nur von ihr bewundert werden. Schildkröten waren ihre Lieblingstiere.

Von den grausigen Fröschen in dem Museum, wo ich bei den scheinheiligen Nonnen war, erzählte ich ihr nie. Damit sie sich nicht von mir abwandte.
Einmal überlegte ich noch wegen dem Froschkönig, aber der kam natürlich in meinen Heften auch nicht vor. Schon bald versprach ich ihr, dass ich ihr von meinem nächsten Geld eine Schildkröte schenken werde.

Ich ging nämlich an meinen freien Schulnachmittagen arbeiten. Hätten Sie mir das zugetraut?

JA

Wirklich?

JA

Meiner Patin und dem Onkel Ernst, bei denen ich wohnte, wie Sie wissen, habe ich natürlich nichts davon erzählt. Sie wären sowieso dagegen gewesen. Ein Kind aus unserem Haus geht nicht arbeiten. Was sollen denn die Leute denken.

Aber ich wollte
unbedingt
unbedingt
eigenes Geld. Damit ich niemandem Danke sagen musste.

Silberkugel heißt das, wo ich arbeitete. Im Service. In der
Silberkugel gab's zum Beispiel Silberbeefys. Die sind wie
Hamburger, nur nennt man sie dort Silberbeefy. Silber-
fischli waren nicht auf der Speisekarte.
Ha, ha

Silberfischli zuckten aber bei Lorenzos Familie in der
Baracke über den Boden. Bei meiner Patin natürlich
nicht. Wenn sie sie bei sich im Haus entdeckt hätte…
arme Paula.

Oh, jetzt zeigen Sie mir ein anderes Kärtchen. Haben wir
aber nicht abgemacht, eins mit einem Fragezeichen. Gut,
ich verzeihe es Ihnen.

Paula war das Dienstmädchen. Auch das von Onkel
Ernst. Ich habe ein Gespür dafür entwickelt. Wenn zum
Beispiel die ganze Familie zusammen war, schauten
Paula und Onkel Ernst einander fast nie an. Ignorieren
sagt man dazu. Ja, sie ignorierten sich.
Weil sie sich liebten.
Bei meinem Vater und Tantelotte,
jetzt ist mir ihr Name doch rausgerutscht. Blöd, kann ich
aber nicht mehr ändern.

Was ich sagen wollte: Bei meinem Vater, jetzt, wo's passiert ist, kann ich sie ja weiter mit ihrem Namen, bei meinem Vater und Tantelotte

habe ich,
wie könnte man das erklären?
habe ich Spuren lesen gelernt. Wie ein Indianer. Der Ruf der Wildnis. Ha, ha. Viel muss man dabei nicht wissen, nur zum Beispiel, wie das Tier aussieht. Hat es Krallen, Hufe, Schalen? Wie läuft es? Springend wie ein Iltis, hoppelnd wie ein Hase, schleichend wie ein Fuchs.

Ich war bei den Pfadfindern.

Wissen Sie, was mir gerade auffällt?

NEIN

Wenn man so allein redet, wie ich bei Ihnen, nie unterbrochen wird, kommt man vom Hölzchen aufs Stöckchen. Wie Tantelotte aus Schalke. Blau weiß.
Bei ihr klang es zwar eher wie ›Höcksken und Stöksken‹. Treibt immer weiter weg. Bei mir ist es trotzdem anders. Ich rede immer vom Gleichen. Alles klar, Herr Kommissar?

Tschuldigung. Das war gerade gar nicht nett. Überhaupt rein gar nicht nett.

Verheddert. Ich habe mich verheddert.

Ich möchte es nicht auch noch mit Ihnen verderben.

Wieder so ein ver-Wort. Zwei sogar. Wenn man ›ver‹ sagt, weiß man, dass etwas kaputt gegangen ist.

Verachten, verleumden, verderben – mir fallen auf An-hieb tausend solche Wörter ein. Immer geht es ums Ver-letzen.

NEIN

Nein?

JA

Was denn nun?

NEIN

Wieso? – Muss ich wohl selbst rausfinden. Dafür haben Sie kein Kärtchen.

Ah –

verreisen

JA

verzeihen. Hatten wir gerade vorhin mit dem Fragezei-chen.

JA

ver –

was gibt es denn sonst noch Gutes mit ›ver‹?

Verlieben.

Ich war in Lorenzo verliebt.

Bin es immer noch. Mehr als verliebt sogar, ich liebte ihn und liebe ihn noch immer. Obwohl er weggegangen ist. Vielleicht kommt er ja irgendwann zurück, weil er sieht, dass das bei seiner Oma nichts wird. Aber dann weiß er es wenigstens und hat keine Sehnsucht mehr. Was eigentlich auch schlimm ist, keine Sehnsucht mehr zu haben.

Stimmt's, Herr Psychiater?

JA

Nochmals wegen Hölzchen und Stöckchen. Kürzlich musste ich die Zeitungen bündeln. Alles schön aufeinanderstapeln, zurechtdrücken, eine Schnur darum herum. Dabei habe ich auf der Frontseite ein großes Foto mit einem knienden Mann gesehen. Er trug einen langen dicken Mantel, Winter halt, sein Kopf war leicht gesenkt, die Hände hielt er vor dem Bauch gefaltet. Ich dachte zuerst, es sei ein Pfaffe, der da so kniet. War es aber nicht. In dem Artikel stand, dass es der deutsche Bundeskanzler sei. Willy Brandt.

Mit einem Schlag erinnerte ich mich daran, wie Tantelotte immer über ihn geredet hat. Einen Landesverräter nannte sie ihn, habe in Norwegen wahrscheinlich sogar auf die deutschen Soldaten geschossen. Auf uns, korrigierte sie sich. Es klang immer sehr abschätzig. Auch mein Vater hatte nur Verachtung übrig. Ein uneheliches Kind sei Brandt gewesen, und in Wirklichkeit habe er sowieso anders geheißen.

Der Bundeskanzler kniete vor dem Ehrenmal beim Warschauer Ghetto nieder. Demütig, würde meine Mama sagen. Genau so hat es auf dem Foto ausgesehen. Das gefiel Tantelotte bestimmt ganz und gar nicht.

Aber jetzt möchte ich gehen.

Adieu. Vielleicht haben Sie ja im Sinn, für das nächste Mal noch ein neues Kärtchen mitzubringen... Dann hätten wir schon vier.

Zehn

Guten Morgen. Sie sehen ein wenig anders aus als letztes Mal. Braun im Gesicht. Waren Sie über die Feiertage Ski fahren? An der Sonne? Mit Ihrer Familie?

JA

Ich habe mich die ganze Zeit über in meinem Zimmer verkrochen. Wollte mit niemandem etwas zu tun haben. Und alle haben mich in Ruhe gelassen. Einige, die nicht so eingesperrt sind wie ich, gingen nach Hause zu ihren Eltern. Weihnachten, Silvester. Mir verkrampft es den Magen, wenn ich nur daran denke.
Gestern Nacht habe ich von meiner Mama geträumt.

WAS?

Oh, das ist Ihr neues Kärtchen. Wieder so schön verziert. Am Abend, von den Kindern, nach dem Skifahren oder Schlitteln. Kommt drauf an, wie alt Ihre Kinder sind. Was ich geträumt habe, möchten Sie wissen?

JA

Meine Mama stand unten im Haus bei den Briefkästen. Unser Briefkasten quoll über vor lauter Post. Sie steckte den kleinen Schlüssel in das Schloss, öffnete das Türchen, und schwupp! segelten lauter Briefumschläge auf den Boden. Meine Mama bückte sich danach, ramassierte alles zusammen, erfreut über die viele Post. Doch dann stellte sie fest, dass alle Briefe falsch adressiert waren. Kein einziger war für sie.

Ist das ein Quatschtraum, Herr Psychiater?

NEIN

Aber ich weiß nichts damit anzufangen. Überhaupt ist es komisch. Ich habe von meiner Mama noch nie als tot geträumt. Sie ist immer am Leben, wenn ich von ihr träume. Dabei ist sie doch schon lange tot.

Schon viel zu lange.

Schauen Sie bitte weg, mir kommen die Tränen.

Wenn ich bei Tantelotte wegen irgendetwas weinen musste, hat sie mich noch geohrfeigt, damit ich wenigstens wisse, wieso ich heule, sagte sie dann. Darum möchte ich nicht, dass Sie meine Tränen sehen.

Wegen der Pause seit der letzten Stunde hatte ich viel Zeit zum Nachdenken und Notizenmachen. Auch über das Mädchen auf dem Spielplatz, das immer so fröhlich war und Liebes von seiner Mutter erzählte. Und wegen dem Geld, das ich in der Silberkugel verdiente. Es hat gedauert, bis ich mir alles merken konnte, was auf der Speisekarte stand und was wie viel kostete. An heißen Tagen bestellten alle ein Birchermüesli. In der Silberkugel habe ich das besser vertragen als damals bei Tantelotte.

WIESO?

Oh, noch ein neues Kärtchen. Gefällt mir irgendwie.

Tantelotte schaufelte das Birchermüesli immer so ekelhaft in sich hinein. Mit einem Suppenlöffel. Also wirklich, das macht man doch nicht. Das Birchermüesli mit einem Suppenlöffel reinschaufeln. Richtig gierig. Sie hat für den Bircher geschwärmt. Natur und so, Sonnennahrung. Einmal sagte sie, dass er eben ein wenig einer von ihnen gewesen sei, mit all dem, was er so schrieb und sagte. Von ihnen, nicht von Ihnen, Herr Psychiater, sondern von denen dort, wo Tantelotte herkam.
Von einem Reichskrankenhaus hat sie erzählt, Dresden, glaube ich, und dass der Herr Birchermüesli dort als Arzt hätte arbeiten wollen. Hat mich aber keinen Scheiß interessiert. Darum habe ich auch nicht nachgefragt. Sowieso habe sie fast nie etwas gefragt. Ich war froh, wenn sie schwieg. Aber wie das gekracht hat, wenn sie die Haselnüsse zwischen ihren Zähnen zermalmte... In der Silberkugel hatten wir zum Glück nur fein gemahlene.

Irgendwie hat es mich dann doch beschäftigt. Darum habe ich meine Geschichtslehrerin gefragt. Sie hat es gewusst.

Sie zeigen mir das Fragezeichen.

Das mit dem Birchermüeslibircher. Führer hätte er werden sollen, Führer einer Abteilung in dem Krankenhaus.

Mit dem Mädchen auf dem Spielplatz habe ich gern geredet.

Sie wusste schon viel über Schildkröten, wie sie alle heißen, was sie fressen und worauf man achten muss, wenn man sie in einem Gehege hält. Vor allem über den Winter. Jetzt ist auch Winter. Januar, oder nicht?

JA

Der Januar ist der mit den zwei Gesichtern, Janus, eigentlich. Wie die Pfaffen. Bei denen ist schon ein Gesicht zu viel. Ich hatte im Gymi Latein. Hätte nie gedacht, dass mir das einmal nützen würde. Sogar hier im Knast. Fast wie ein Knast.

Nein, das sollte kein Gedicht sein. Wenn sich zwei Wörter reimen, macht das noch lange kein Gedicht aus. Beim Dichter mit der schwarzen Milch reimt sich überhaupt nichts. Wie auch?, hat die Deutschlehrerin gesagt, so etwas kann man nicht in Worte fassen, die sich reimen.

Ich möchte gern mehr von seinen Gedichten verstehen.

Sie zeigen auf den Brief. Ich habe ihn extra hier liegen gelassen, weil ich in meinem Zimmer nicht die ganze Zeit daran erinnert werden will. Sie sind offensichtlich kein Spurenleser.
Nie bei den Pfadis gewesen?

NEIN

Das hat man dann halt davon.

Ich wollte doch gerade noch was über Janus sagen. Mein Vater und Tantelotte haben auch zwei Gesichter. Ein bösartiges mir zugewandt, ein liebes einander zu. Meine Patin ist auch immer mehr so geworden.

Bin ich schuld daran?

Das wäre jetzt eine echte Frage gewesen, aber Sie schweigen, zeigen kein Kärtchen. Sie lassen mich hängen. Hängen und zappeln. Und dann lassen Sie mich los, ich schreie und
falle

immer weiter
weiter hinunter
in die Fallgrube
wie ein gehetztes Tier

und dann weiß ich überhaupt nicht mehr, wer ich bin.

Sie sind so fies,
genauso fies wie mein Vater, wie alle.
Wie alle Erwachsenen.
Auf alle habe ich eine Wut. Nur kümmert das keinen.
Und ich kann sie ja auch nicht einfach totschlagen.
All die Väter,
die Pfaffen
die Tanten und Onkel
dieses verlogene Pack.
Nichts anderes im Sinn, als die Kinder zu quälen und zu
belügen.

Nein, bleiben Sie sitzen. Ich will keinen Trost. Schon gar
nicht von Ihnen. Sie tun nur so interessiert, dabei schert
es Sie einen Dreck.

Ich muss aufstehen, sonst schmeiße ich noch das Glas
gegen die Wand. Oder sonst was.

Adieu, Sie Hühnerauge!

Elf

Guten Morgen.

Ich schäme mich. Wegen dem letzten Mal. Aber entschuldigen werde ich mich nicht. Beiläufig Tschuldigung sagen, das schon. Aber das andere ... nein.

Können Sie sich meinen Vater vorstellen? Wie er zum
Putzschrank geht? Den Türknauf dreht,
die Tür langsam öffnet ...

den Teppichklopfer vom Haken nimmt

mit dem Teppichklopfer in der Hand auf mich zuschreitet

zuschreitet

mir befiehlt, mich über sein Knie zu beugen
ausholt

mich anschreit: Noch kannst du dich entschuldigen –
ich tu's aber nicht.

Mein Vater ist ein Feuersalamander. So kalt, dass er im
Feuer überlebt.

Ich kann es nicht ungeschehen machen. Nichts kann
man ungeschehen machen. Aber wie kommt man da
wieder raus?
Und wenn man rausgekommen ist, was ist dann?
Ist es so, als würde hinter einem die Fallgrube zuge-
schüttet und man könnte ohne Angst darübergehen?

Sie zeigen mir das Fragezeichen. Weil Sie es selbst auch
nicht wissen?

JA

Hängt von vielem ab?

JA

Mit all dem, was ich erlebt habe, müsste ich eigentlich
uralt sein. Oder tot. Wenn ich eine Mutter höre, die ihr
Kind beschimpft und schüttelt, mitten auf der Straße,
denke ich, das Kind müsste eigentlich auf der Stelle tot
umfallen. Nie aber würde die Mutter zugeben, dass sie
den Tod ihres Kindes verursacht hat. Ich habe doch nur
mit ihm geschimpft, nur ein wenig geschüttelt. Ist doch

nicht so schlimm. Wenn ich daran denke, was ich alles in meiner eigenen Kindheit…
So würde sich die Mutter rausreden.

Sie verstehen, was ich meine, Herr Psychiater?

JA

Tantelotte war auch so abgehärtet. Wie Stahl sollte sie werden, dann viele Kinder gebären. Meine Pfadiunform hat sie an ihre Uniform erinnert, als sie jung war. Einfach in den Farben unterschiedlich. Wenn ich sie gnädig stimmen wollte, sang ich ihr ein Lied vor, das wir bei den Pfadis gelernt hatten. ›Ich hatt' einen Kameraden, einen besser'n find'st du nicht‹
oder

Moment

muss kurz nachdenken
fällt mir grad nichts ein.
Aber sie, Tantelotte, hatte ein Zwiebelhacklied.

Ihr Fragezeichen habe ich erwartet, Herr Psychiater. Kann man ja auch nicht einfach so wissen.
Also das Zwiebelhacklied war: ›Das kann doch einen Seemann nicht erschüttern‹. Hart wie Stahl, dazu passen Tränen einfach nicht. Schon gar nicht bloß vom Zwiebelnhacken. Überhaupt habe ich sie nie heulen ge-

sehen. An ihrer Stelle hätte ich ununterbrochen geheult.
Wissen Sie, wieso?

NEIN

Geheult wegen all dem, was sie dem Kind, also mir, ständig angetan hat. Keine ruhige Minute hätte ich, wenn
ich sie wäre. Zum Glück ist sie weg. In meinem ganzen
Leben möchte ich ihr nicht mehr begegnen. Vielleicht
verkauft sie jetzt Currywürste in der Kampfbahn.

Von einem Seemann hatten wir eine Single.
Freddy Quinn – Sie kennen ihn?

JA

Hätte ihn tausendmal hintereinander hören können.
›Junge, komm bald wieder‹. Immer sah ich mich selbst
auf dem großen Dampfer in See stechen, am Kai meine
Mama, die mir weinend nachwinkt. Weil sie schon jetzt
solche Sehnsucht nach mir hat.

Sehnsucht – ich glaube, ohne Sehnsucht ist das Leben
weniger schön.

Aber Sie möchten von dem Kind hören. Dem anderen
Kind.
JA
Dem fröhlichen, dem vom Spielplatz.

JA

Das immer so lieb von seiner Mama erzählte. Und dem
Papa. Wenn er abends nach der Arbeit nach Hause kam,
drückte er das Kind an sich, strich ihm über das Haar
und hob es auf seine Schultern.

Ein glückliches Kind, so, wie ich nie war. Auch der Bruder. Der große Bruder, er beschützt seine Schwester,
wenn sie von anderen Kindern gehänselt oder gar gequält wird.
Mein Bruder musste ins Internat. Schon vor mir. Ja, er
musste. Weil es sich so gehört für eine katholische Familie. Ins Welschland. Französisch lernen. Wer weiß, wozu
das später nützlich ist. Er war bei den Pfaffen, ich bei
den verlogenen Nonnen. Bevor ich ins Gymi kam.

Von Thomas Bernhard habe ich Ihnen erzählt. Als wir
das Buch zusammen in der Klasse lasen,
Kalkwerk,
Sie erinnern sich?
JA
las uns die Lehrerin noch aus einem Interview mit ihm
vor. Darin erzählt er von sich selbst. Ist auch katholisch.
Irgendwann sagt er, die katholische Kirche mache aus
den Menschen Katholiken. Abscheulich sei das.
Die katholische Kirche macht aus den Menschen Katholiken.
Nach dem Unterricht habe ich mit meiner besten Freundin darüber geredet. Sie hat gemeint, die Lehrerin habe

das so gesagt, als sei ihr soeben ein Licht aufgegangen.

Ich: Ja, so kam es mir auch vor.

Sie: Komisch, gäll.

Ich: Ist doch logisch. Das mit der Kirche.

Sie: Finde ich auch.

Ich: Man sagt ja schließlich, ich bin katholisch. Ich bin. Nicht zum Beispiel, ich gehe am Sonntag in die katholische Kirche oder ich bin katholisch getauft. Nein, man sagt, ich bin katholisch.

Sie wieder: Darum nützt es nichts, wenn man aus der Kirche austritt. Wie zum Beispiel meine Tante. Die ist eine richtige Kommunistin. Aus der Kirche ausgetreten, aber immer noch total katholisch.

Ich dann: Merkt man ihr das noch an?

Meine Freundin: Klar, das merkt man einem Menschen ein Leben lang an.

Ich muss ein Schluck Wasser nehmen. Moment.

Sie deuten auf Ihren Brief.

Also, gut.

Wenn ich später vom Spielplatz wegging, war ich traurig – und wütend. Das fröhliche Mädchen machte mich traurig und wütend.

Bei Regen ging ich nie zum Spielplatz. Hätte keinen Sinn gemacht. Alles nass, nichts mit Hausaufgaben, und das Mädchen wäre nicht da gewesen.

Gestern habe ich eine Vorladung erhalten. Die Jugendanwältin will mit mir reden.

Die Aufpasserin hat mir den Brief gegeben. Schon geöff-
net, selbstverständlich. Dann hat sie mich gefragt, ob ich
mit ihr darüber reden möchte.

Also, Herr Psychiater, nicht darüber, dass sie den Brief-
umschlag aufgemacht hat, sondern wegen der Vorladung.

Sie hat gesagt, in meinem Alter komme es nicht so sehr
darauf an, was jemand gemacht hat, sondern wer was
gemacht hat.

Also kein Pingpong. Für diese Tat, diese Strafe, egal, wer
sie begangen hat. Alle möchten, dass ich das nie mehr
tue. Und sie überlegen, was mir dabei helfen könnte. Bei
Erwachsenen sei das anders, hat die Aufpasserin gesagt.
Da steht die Tat im Vordergrund. Nicht der Mensch, der
sie begangen hat.

Wäre aber auch bei erwachsenen Menschen wichtig,
finde ich. Jeder hat einen Grund. Seinen Grund.

Ich habe ein bisschen Angst vor dem Gespräch. Eigentlich nicht nur ein bisschen.

Ich habe immer Angst, wenn ich nicht weiß, was auf
mich zukommt. Ich möchte nicht mehr länger so eingesperrt bleiben.

Die Aufpasserin hat auch gesagt, dass meine Gespräche
mit Ihnen vielleicht helfen können. Finden Sie das auch?

JA

Bin ich auf gutem Weg?

JA

Dann möchte ich so weitermachen. Aber lieber erst das
nächste Mal. Wenn es Ihnen recht ist.

JA

Dann also –

auf Wiedersehen.

Zwölf

Guten Tag. Diesmal nicht Morgen. Heute ist der Schulunterricht ausgefallen. Die Lehrerin ist krank. Grippe.
Ich gehe hier ganz gern zur Schule. Ist eine gute Ab-
wechslung
und eine
wie soll ich sagen?
Ablenkung.
Von meinen Gedanken. Sie drehen sich manchmal im
Kreis. Immer habe ich den Spielplatz und das Mädchen
vor mir. Tagsüber und auch nachts. Wenn ich nicht gerade aus dem Fenster schaue und den Rauch aus dem
Kamin aufsteigen sehe. Und die Geigen höre. Im Himmel
sei viel Platz. Wenn ich an meine Mama denke, weiß ich
nicht, wo ich sie suchen soll.

Glauben Sie an Gott?

NEIN

Ich auch nicht. Und an den Himmel und an die Hölle?

NEIN

Manchmal denke ich, alles wäre leichter für mich, wenn ich an Gott glauben würde. Ich will das aber trotzdem nicht. Nicht mehr. Ich will ein Mensch sein, keine Katholikin.

Beichten gehen und dann meinen, es sei wieder gut. Stimmt sowieso alles nicht. Das mit dem Jesus und Weihnachten und mit dem König Herodes. Komplett gelogen. Weil das schon alles gelogen ist, meinen die Katholiken, sie können selbst auch ruhig so weiterlügen. Irgendwas verzapfen. Und dann beichten gehen.

Jetzt gerade erinnern Sie mich überhaupt nicht an meinen Vater. Ich sehe nur Sie. Und manchmal ein Lächeln auf Ihrem Gesicht.

Das bedeutet nicht Auslachen?

NEIN

Dachte ich mir so. Auslachen sieht anders aus. Lächeln hat etwas Liebes, Verständnisvolles.

Ich glaube, Sie sind der erste Mensch, der mich wenigstens ein bisschen versteht. Vielleicht nicht der erste Mensch, aber der erste Mann.

Wenn ich an meinen Vater denke

an den Pfaffen im Beichtstuhl

den Turnlehrer

nein! Da wird mir ganz schlecht.

Die Aufpasserin hat auch gesagt, dass ich mich hier gut

verhalte. Das gebe ihr Hoffnung. Noch nie habe sie irgendetwas an mir beanstanden müssen.

JA

Das heißt, dass die Aufpasserin das auch Ihnen gesagt hat?

JA

Gut, in dem Fall. Ich meine, wenn es etwas Positives ist. Ich sei hilfsbereit, halte mein Zimmer ordentlich sauber und verstoße gegen keinerlei Regeln.

JA

Auch das hat sie Ihnen gesagt?

JA

Gestern ist übrigens ein neues Mädchen gekommen. Schläft im Zimmer rechts von mir und sitzt am gleichen Esstisch wie ich. Keine Ahnung, wieso sie hier ist. Sie sagt kaum etwas, hält den Blick fast immer gesenkt. Aber Haare hat sie, Herr Psychiater. So schön. Sattes Gelb. Ungefähr bis zu den Schultern, wenn sie sie offen trägt. Wie ein wallendes Kornfeld, würde meine Mama sagen.

Müssen eigentlich alle Mädchen zu Ihnen zum Gespräch?

NEIN

Nicht?

NEIN

Dann gibt's noch andere Psychiater hier?

JA

Aha, Sie teilen sich auf?

JA

Inzwischen bin ich ganz zufrieden, bei Ihnen zu sein. Am
Anfang gar nicht. Sie waren mir total fremd. Ist ja logisch. Und wenn Sie mich an meinen Vater erinnerten
wenn Sie so dasaßen wie er
oder Ihr Taschentuch benutzen, das ein ähnliches Muster hat wie seines
ja –
dann wurde ich richtig wütend auf Sie. Obwohl Sie sich
ja ganz anders verhalten und sozusagen nichts sagen.
Sozusagen nichts sagen, hört sich gerade ziemlich witzig
an.

Die Neue sieht ein wenig verschlagen aus. Ich weiß zwar
nicht genau, was das bedeutet, aber Tantelotte hat es
von einer meiner Freundinnen gesagt. Ihr Vater war
Alkoholiker, nachts musste sie ihn manchmal aus der
Bar nach Hause holen. Dann hakte er sich bei ihr unter,
ziemlich schwer und ziemlich im Zickzack. Die Fahne,
die aus seinem Mund wehte, fand sie zum Kotzen. Um
die Mutter freundlich zu stimmen, musste meine Freundin immer zuerst ins Haus rein, der Vater schlich sich
hinter ihr weg, direkt ins Schlafzimmer und legte sich
noch in den Kleidern ins Bett.
Wird ein Kind, das verschlagen aussieht, geschlagen?
Sie zeigen mir das Fragezeichen. Heißt, Sie wissen es
nicht mit Bestimmtheit?

JA

Wieder so ein ver-Wort.

Verschlagen. Darüber habe ich bis jetzt noch nie genauer nachgedacht.

WAS?

Was was?

Ah, vielleicht meinen Sie, was verschlagen alles bedeuten kann.

JA

Lassen Sie mich überlegen.

Verschlagen – im Turnen, zum Beispiel, einen Ball verschlagen.

Beim Backen: Eier mit Zucker verschlagen.

Es kann einem den Atem verschlagen.

Oder zu mir passend: Mich hat es hierher verschlagen.

Ich fühle mich gerade sehr eingeengt. Muss ein wenig im Zimmer auf und ab gehen. Gut?

JA

Die Kleine vom Spielplatz sah überhaupt nicht verschlagen aus. Im Gegenteil. Sie sah sehr lieb aus. So herzige Bäckchen, manchmal leicht gerötet, wenn sie gerade vom Schaukeln oder Spielen kam. Und dichtes, blondes Haar. Meistens zu zwei Zöpfen geflochten. Nicht diese simplen

Zöpfe, die ich als Kind tragen musste. Wahrscheinlich, damit man mich besser an den Haaren ziehen konnte. Nein, ihre Zöpfe waren so in die Haare hineingeflochten, zunächst direkt am Kopf, erst nachher hingen sie frei herunter. Ein Kunststück, fand ich immer. Und ihr selbst gefiel ihre Frisur auch wahnsinnig gut. Ihre Mutter sei die einzige, die die Zöpfe so flechten könne. Als sie das sagte, drückte sie ihren Bauch vor lauter Stolz ganz weit hinaus.

An warmen Tagen trug sie eine kurze Hose. Shorts eigentlich.

Da fällt mir gerade ein, dass wir gestern abend die Nachrichten schauen durften. Ausnahmsweise, sagten die Aufpasserinnen, weil es den ganzen Tag über kein Gezerre und Gezänk gegeben habe.

Haben Sie die Tagesschau auch gesehen?
NEIN
Dann wissen Sie nicht, was…
NEIN
Der Nachrichtensprecher tat ganz geheimnisvoll, sagte, dass jetzt gleich eine Weltpremiere gezeigt würde.
WAS?
Aber es hat noch gedauert. Seine Moderation fand und fand kein Ende. Wir alle wie im Chor: Du Arsch, nun mach mal, du Halbaffe! Die Aufpasserin wollte schon den Fernseher ausschalten, weil sie so was nicht dulden könne. Dann ließ sie es doch bleiben.

Wir sahen
wir sahen
ja, was sahen wir?
Sie merken, Herr Psychiater, jetzt mache ich es auch so
furchtbar spannend
wir sahen also
dünne Mannequins mit langen Haaren über einen Lauf-
steg füdelen –
in Hotpants.
Das war schon alles. Aber weil es halt das erste Mal auf
einer Modemesse und dazu in Rom war, meinten wohl
alle, es sei etwas total Spezielles. Die affigen Nonnen haben bestimmt ganz gierig darauf geschaut. Meinen Sie
nicht auch?
Sie zeigen mir das Fragezeichen. Wollen niemanden ver-
dächtigen. Eigentlich haben Sie recht.

Wie spät ist es eigentlich? Ich kann Ihre Uhr auf dem
Schreibtisch nicht sehen. Würden Sie sich bitte ein wenig
zur Seite neigen?

Nein, auf die andere, bitte.
Danke. Noch zehn Minuten.
Nein, Sie brauchen das Gähnen nicht zu unterdrücken.
Gähnen Sie ruhig, wenn es Ihnen danach ist. Ich gähne
dann gleich mit.

Tat gut. So richtig durchatmen.

Konnte Tantelotte nicht. Sie hat häufig geröchelt. Hatte Asthma. Weil die Luft in Schalke so dreckig war, sagte sie immer. Wegen der vielen Zechen und weil ihr der Krieg alles kaputt gemacht hat. Nach dem Krieg wohnten sie in einer feuchten, dunklen Baracke. Noch dazu mit einer anderen Familie zusammen. Also keine vollständigen Familien. Weil bei beiden der Mann fehlte. Die waren immer noch in Gefangenschaft. In Russland irgendwo. Lange wusste man nicht, ob sie überhaupt noch lebten, weil nie ein Brief und keine Karte kam. Und eben, in diesen feuchten Baracken konnte man sich rasch was holen. Tantelotte holte sich Asthma, ihre Schwester Diphterie und starb daran. Als Tantelotte mir das erzählte, hatte ich überhaupt kein Mitleid mit ihr, weil sie auch mit Lorenzos Familie nie Mitleid hatte.

Steht das eigentlich in den Akten, dass ich später Ärztin werden möchte?

NEIN

Nun wissen Sie es. Deshalb strenge ich mich in der Schule so an. Matura, Medizinstudium, auf welches Gebiet ich mich spezialisieren will, weiß ich jetzt natürlich noch nicht. Ich weiß nur, was ich nicht will, nämlich …
wie nennt man das, das mit den Männern?
nicht Urin
irgendwas mit Ur-

ah, Urologin. Dass Männer das machen möchten, verstehe ich, aber eine Frau? Nie im Leben!

Auf Ihrer Uhr sehe ich, dass die Zeit um ist.
Sie nicken, rücken sogar schon zur Stuhlkante vor.

Bis zum nächsten Mal.

Auf Wiedersehen.

Da fällt mir doch noch was ein. Wenn ich dann Medizin
studiere, will ich als Nachtschwester arbeiten. Ich habe
zwar mal gehört, was manche Nachtschwestern machen,
wenn in einem Zimmer die Glocke geht. Sie wollen bei
ihrem Strickzeug nur noch rasch die Runde fertig machen, dann doch noch eine, bis sie schließlich zum Pa-
tienten gehen, der geklingelt hat, und dann, oh Schreck…
Wahrscheinlich ist das nur ein schlechter Witz.

Adieu!

Dreizehn

Ihren Brief habe ich letztes Mal nun doch in mein Zimmer mitgenommen. Das haben Sie vermutlich bemerkt.

JA

Ich habe lange herumüberlegt. Hin und her. Auch in der Nacht, als ich nicht schlafen konnte.
Bis ich schließlich dachte, dass ich es Ihnen heute erzählen möchte. Gut?

JA

Es war ein sonniger Tag. Deshalb ging ich nach der Schule wieder zum Spielplatz. Die Kleine entdeckte mich sofort, kam zu mir gehüpft, dass ihre Zöpfe nur so auf und ab wippten.
Sie erzählte, dass sie am Tag davor mit ihrem Papa im Wald war, sie ein großes Feuer machten und Würste am Spieß brieten. Als es im Gebüsch knackte, entdeckten sie sogar ein Reh. Sie hat sich so gefreut und sah so glücklich aus. Sie erzählte noch ein bisschen weiter, dann

musste sie plötzlich zum Klo. Ich begleitete sie zum WC-
Häuschen.
Nach ein paar wenigen Schritten überkam mich wieder
dieses Gefühl wie damals auf dem Opernplatz. Leer und
schwarz.

Hm

Helfen Sie mir, sagen Sie etwas!
WAS?
Etwas, das mir weiterhilft, bitte!
JA

Ich habe im Bericht Folgendes
gelesen, Katharina: Du hast die
Tür zum WC-Häuschen
aufgezogen. Die Kleine
kam hinter dir her   sie hatte es eilig, musste
                                        dringend

du hast realisiert, dass
ihr alleine wart   im Raum war es düster

die Kleine ging schnell
zur WC-Kabine   ich ging jetzt hinter ihr
                                        in mir diese Schwärze

du hast sie von hinten
gepackt   ja, wie ferngesteuert

am Hals,   drückte sie zu Boden
mit aller Kraft hast du
zugedrückt   ja

sie konnte fast nicht
mehr atmen   ich wollte, dass sie ganz
                        aufhört zu atmen

schreien konnte sie
nicht, weil du sie so
fest gewürgt hast   sie sah aus wie tot

plötzlich ging die
Tür auf   eine Frau kreischte

sofort hast du von der
Kleinen abgelassen   ich stand auf, wollte an der
                        Frau vorbei hinausrennen

Sie aber hat dich
gepackt, dich
festgehalten   und laut um Hilfe geschrien

die Polizei war
schnell da   der Posten ist ja gleich
                        nebenan

dann haben sie dich
abgeführt   in Handschellen.

Ich brauche ein Kissen. Für auf den Bauch.

Bitte lassen Sie mich jetzt einfach so sein. Mit dem Kissen auf dem Bauch.

Vierzehn

Guten Morgen.

Ich war krank. Darum konnte ich die beiden letzten Male nicht kommen. Hatte hohes Fieber, so hoch, dass sie meinten, ich müsste ins Spital. Die Medikamente halfen nicht. Also am Anfang nicht.

Sie riefen einen Arzt. Nach der Spritze ging das Fieber langsam runter. Geschwitzt habe ich immer noch wie wahnsinnig. Alle paar Stunden musste ich das Pyjama wechseln.

Ständig träumte ich von dem kleinen Mädchen, träumte, sie sei tot. Was sie zum Glück nicht ist. Aber im Traum war es wie echt.

Manchmal setzte sich eine Aufpasserin zu mir. Hat meine Hände und Arme mit einem feuchten Tuch erfrischt. Auch die Füße und Beine. Das tat gut. So, wie das meine Mama gemacht hat, wenn ich als kleines Kind krank war. Ich durfte mir etwas zu essen wünschen, als ich wieder etwas Appetit hatte.

WAS?

Was ich mir gewünscht habe?

JA

Das Gleiche, was ich mir als Kind gewünscht hatte: ein
paniertes Schnitzel mit warmem Kartoffelsalat.
Ich habe zwar nur wenig gegessen, aber immerhin.

Ich glaube, ich bin noch nicht wieder ganz gesund. Aber
ich wollte zu Ihnen kommen und Ihnen Danke sagen.
Weil Sie mir so geholfen haben.

Jetzt lächeln Sie wieder so freundlich. Das ist lieb von
Ihnen.

Meinen Sie, Sie können ein wenig verstehen, was
wie soll ich sagen?
was mir da

passiert ist?

JA

Ich kann es irgendwie auch verstehen. Aber nicht entschuldigen. Ich glaube nicht, dass man sich selbst entschuldigen kann. Ich meine, von der Schuld befreien.
Das können nur die andern. Wenn überhaupt.

Ich habe die Kleine seither nicht mehr gesehen. Weiß
überhaupt nicht, wie es ihr geht. Vielleicht können ihre
Eltern den schlimmsten Schaden von ihr abwenden. Mit

Trösten, in die Arme nehmen. Sie muss wieder Vertrauen gewinnen.

Das geht aber nicht von einem Tag auf den andern.

NEIN

Ich selbst muss auch wieder Vertrauen gewinnen.

JA

Wie meine Strafe ausfällt, weiß ich noch nicht. Weil ich krank wurde, konnte ich nicht zu dem Gespräch mit der Jugendanwältin.

Vielleicht können Sie auch etwas dazu beitragen?

WAS?

Zum Beispiel, die anderen davon überzeugen, dass das nie mehr passieren wird. Das war wie eine Explosion in mir drin. Und jetzt ist es raus. Und nachher noch das hohe Fieber, wo ich alles nochmals durchlebt habe. Im Fieber mit einem schlimmeren Ausgang als in Wirklichkeit. Zum Glück.

Ja, wegen dem Glück. Alles in mir hat sich immer dagegen gewehrt, dass das Mädchen so glücklich war, so unbeschwert. Mit diesen lieben Eltern, die sich um ihr Kind kümmerten, ihm Liebes taten.

Seit ich zu Ihnen komme, habe ich viel darüber nachge-
dacht. Nicht viel darüber geredet, aber viel nachgedacht.
Das Mädchen durfte nicht so fröhlich sein, wenn ich
doch so traurig und verwundet war. –
Bin?
Könnte das Sinn machen?

JA
Ja?
JA

Aber in Wirklichkeit hätte das Schlimmste passieren
können, was überhaupt passieren kann. Dem Kind, seinen Eltern und auch mir selbst.

JA

Darum ist es viel,
viel
besser
für alle, dass die Kleine weiterlebt.

JA

Und trotzdem ist alles so furchtbar. Dass ich so etwas gemacht habe. So brutal. Noch brutaler, als Tantelotte und
mein Vater zusammen waren.
NEIN
Wieso nein?

Weil man das nicht gegeneinander aufrechnen kann?
JA

Ich weiß noch nicht, wann das Gespräch mit der Jugendanwältin stattfindet. Schreiben Sie dazu einen Bericht
über mich?

JA

Vielleicht wird sie mir sagen, was darin steht.

JA

Und eine der Aufpasserinnen kommt auch mit. Auch die
Lehrerin sagt, sie sei zufrieden mit mir. Bestimmt wollen sie darüber reden, wie es weitergehen soll. Hoffent-
lich muss ich nicht mehr länger hier eingesperrt bleiben.
Ganz frei werde ich wohl noch nicht gleich.

NEIN

Ich möchte später gerne das Gymi weitermachen, damit
ich Ärztin werden kann. Zu spät für das Gymi ist es noch
nicht. In die gleiche Schule zurückkehren, kann ich mir
nicht vorstellen. Davor hätte ich Angst. Aber hier in der
Stadt einfach in einer anderen Schule, wo niemand etwas über mich weiß.

JA

Könnte ich dann auch weiterhin zu Ihnen kommen?
JA

Es wäre sicher gut für mich.

Mir wird wieder ein wenig heiß. Wahrscheinlich ist das Fieber doch noch nicht ganz vorbei. Besser, ich gehe gleich ins Bett. Wenn es Ihnen recht ist.

JA

Danke. Bis zum nächsten Mal

und nochmals vielen Dank.

Auf Wiedersehen.

CIAO, KATHARINA!

Oh, ein neues Kärtchen!
Katharina, das bin ich!

Fünfzehn

Guten Morgen.
Seit ich es Ihnen gesagt habe, kommen mir Dinge in den
Sinn, über die ich noch nie ausführlicher nachgedacht
habe.

WAS?

Zum Beispiel, was mein Name bedeutet. Katharina.
Hier in der Bibliothek habe ich in einem Lexikon nachge-
schlagen. Dabei ist mir wieder eingefallen, was damals
eine der affigen Nonnen zu mir gesagt hat, nachdem sie
mich im Karzer eingesperrt hatten.

WIESO?

Ich wollte weglaufen, weg aus diesem scheißigen Internat. Als ich am Bahnhof auf den Zug wartete, hat der
Mann am Schalter Verdacht geschöpft und die Polizei
benachrichtigt. Die war schon informiert und hat mich
zurückgebracht. Und die Nonnen steckten mich zur
Strafe in den dunklen Karzer.

Also eben – diese Katharina.

Die Nonne hat mir aus dem Leben dieser sogenannten Heiligen erzählt. Ich weiß nicht, was sich meine katholischen Eltern gedacht haben, als sie mich auf diesen Namen taufen ließen.

Wenn man ihre Geschichte, ich meine die Heiligenlegende, liest, dreht es einem den Magen um. Die Details erspare ich Ihnen lieber. Nur so viel: Sie wurde vom römischen Kaiser verbannt, man ließ sie mit Bleikugeln besetzten Geißeln auspeitschen, ins Gefängnis werfen, die Brüste abreißen ...

Nein, was sich die Katholiken immer alles einfallen lassen. Man fragt sich nur, wozu. Unglaublich, wirklich unglaublich. Schlecht wird es einem davon. Wieso ich Ihnen das alles erzähle?

JA

Ich habe ja noch einen zweiten Namen – Cäcilia. Über sie habe ich auch nachgelesen, wieder so eine so furchtbar brutale Geschichte. Sie merken vielleicht, ich bin dabei zu überlegen, ob ich mich, wenn hier alles vorüber ist, anders nennen möchte.

Aber bei den Katholiken braucht man nicht nach einem unbelasteten Namen zu suchen.

Vielleicht eher was aus dem Norden.

WIESO?

Die haben es nicht so mit dem Glauben, schon gar nicht
mit dem katholischen.
Wissen Sie, was mir dann eingefallen ist?

NEIN

Ich könnte mich Doradottir nennen. Tochter der Dora, so
hieß meine Mutter. Das würde in mir Positives wecken.
Angenehmes, Liebes. Vielleicht wäre das nur für eine
bestimmte Zeit gut und nützlich. Muss ich ja auch alles
nicht jetzt entscheiden.

Zunächst muss sowieso beschlossen werden, wie und wo
ich weiterleben soll.

JA

Noch etwas ist mir aufgefallen.

WAS?

Es hat mit dem Wort ›meinetwegen‹ zu tun.
Sie zeigen mir das Fragezeichen.

Meinetwegen.
Wenn Tantelotte und später meine Patin mir zwar etwas
erlaubt haben, innerlich jedoch dagegen waren, haben
sie immer ›meinetwegen‹ gesagt. Zum Beispiel, meinet-

wegen, dann mach das doch, oder meinetwegen, dann lass es doch bleiben.

Das hat mir immer die Freude an dem verdorben, was ich gerade machen oder eben unterlassen wollte. Ich spürte ihren inneren Widerstand.

Gestern Nacht ist mir aber klar geworden, dass ›meinetwegen‹ auch eine andere Bedeutung haben kann.

Wieder Ihr Fragezeichen.

Mal sehen, ob ich es Ihnen erklären kann.

Meinetwegen kann eben auch heißen, dass man etwas für sich tun will, sich selbst zuliebe.

Ein Beispiel gefällig, Herr Psychiater?

JA

Das habe ich mir gestern Nacht natürlich auch überlegt. Also: Meinetwegen mache ich das Gymi fertig, und meinetwegen studiere ich später Medizin, und meinetwegen will ich nichts mehr mit meinem Vater zu tun haben. Zumindest vorläufig.

Alles klar, Herr Kommissar?

JA

Ui, ist mir wieder rausgerutscht. Aber ich glaube, Sie vertragen das jetzt.

JA

Von mir.

JA

Mehr fällt mir im Augenblick nicht ein. Ich möchte jetzt gerne zurück in mein Zimmer, falls Sie einverstanden sind.

JA

Auf Wiedersehen, Herr Cotti.

CIAO, KATHARINA

Oder vielleicht irgendwann doch Doradottir.

Sechzehn

Guten Morgen, Herr Cotti.

CIAO, KATHARINA

Ja, genau. Ciao kann auch eine Begrüßung sein. So jedenfalls war es mit Lorenzos Eltern. Sie haben Ciao gesagt, wenn ich zu ihnen kam, und Ciao wenn ich wieder ging.
Vielleicht besuche ich sie mal, wenn ich hier rauskomme. Wer weiß, ob Lorenzo nicht bereits zurück ist. Ich habe schon lange keinen Brief mehr von ihm erhalten. Telefonieren geht sowieso nicht.

Irgendwann muss ich mir überlegen, wie ich das wieder gutmachen kann. Ich glaube, dann brauche ich Ihren Rat. Wären Sie bereit dazu?

JA

Danke. Das hilft mir. Momentan kann ich noch nichts machen, aber später will ich unbedingt. Finden Sie das einen guten Vorsatz?
JA

Dieses beengende Gefühl von Eingesperrtsein.

Kürzlich kam mir etwas in den Sinn, das damit auch zu tun hat.

Es war an einem Wochenende, an dem ich bei meinen Eltern sein durfte. Ich war ungefähr neun. Plötzlich bekam ich hohes Fieber, ich musste erbrechen, der Kopf tat mir weh, und mein Hals glühte. Meine Mutter wollte meine Zunge sehen, leuchtete mit der Taschenlampe bis ganz zuhinterst zum Gaumenzäpfchen und murmelte schließlich vor sich hin:

Erdbeerzunge,

geröteter Hals,

Scharlach.

Kurz darauf stand die Ärztin neben meinem Bett, hieß meine Mutter einen Koffer für mich packen und ein Taxi bestellen. Unterwegs muss ich eingeschlafen sein. Als ich aufwachte, war meine Mutter weg. Nur die Krankenschwestern und die Ärztin durften zu mir herein. Sie trugen einen Mundschutz, desinfizierten sich die Hände, wenn sie das Zimmer betraten oder verließen. Der Hautausschlag juckte zum Glück nicht. Anders als bei den Windpocken, als sie mir Handschuhe überzogen, damit ich mich nicht wund kratzte. Wenn meine Mutter mich besuchen wollte, musste sie draußen im Flur bleiben. Ihr blasses Gesicht hinter dem tellergroßen Guckloch auf Kopfhöhe in der massiven Tür des Spitalzimmers. Mama winkte mir zu, lächelte. Schickte mir einen Handkuss. Ich weinte jedes Mal, wenn ihr liebes Gesicht verschwand, sodass mir nur noch eine dunkle Scheibe entgegenstarrte.

Daran erinnerte ich mich vor Kurzem.

So deutlich habe ich alles vor mir gesehen, als wäre es erst gestern passiert.

Ich möchte mehr darüber wissen, wie sich Erfahrungen und Erlebnisse von früher bis jetzt auswirken. Beim Dichter mit der schwarzen Milch konnte es die Deutschlehrerin gut aufzeigen, auch in dem Buch mit dem Kalkwerk. Bei sich selbst sieht man das nicht so deutlich, als wenn man von außen auf jemanden schaut.

Aha, Ihr Fragezeichen.

Tantelotte zum Beispiel. Als sie jung war, war Krieg. Sie musste eine Uniform tragen, strammstehen, Lieder singen. Sich abhärten. Vielleicht war sie damals auch wütend, was man mit ihr alles gemacht hat. Und später hat sie die Wut an mir abgelassen, obwohl ich nichts dafür konnte.

Jetzt wird mir gerade grauenhaft heiß.

WIESO?

Warten Sie einen Augenblick, ich muss mich zuerst beruhigen.

Ich versuch's mal.

Ich dachte gerade, ob es vielleicht eine Parallele gibt.

Eine Parallele zwischen Tantelotte und mir. Sie hat mich gequält, ich habe das kleine Mädchen...

nein, ich möchte das jetzt nicht zu Ende denken.

Hoffe nur, Sie verstehen mich.

JA

Lassen Sie mich bitte jetzt gehen. Ich halte es sonst nicht aus.

JA.

CIAO, KATHARINA

Auf Wiedersehen, Herr Cotti. Bis zum nächsten Mal.

Siebzehn

Guten Morgen.
Auf diese Stunde habe ich mich gefreut.

WIESO?

Ich hatte vorgestern ein langes Gespräch mit der Aufpasserin. Sie ist, wie sie sagt, meine Bezugsperson. Das
bedeutet, dass vor allem sie sich um alles kümmert, was
mit mir zu tun hat.
Am Anfang des Gesprächs hat sie mir gleich den neuen
Brief von der Jugendanwältin gezeigt. Darin stand, wie
sie sich freut, dass ich mich hier so gut verhalte, den Betreuerinnen gegenüber – sie schrieb natürlich nicht von
Aufpasserinnen –, den anderen Mädchen gegenüber und
auch bei Ihnen.
Sie habe von den Betreuerinnen und auch von Ihnen
Vorschläge erhalten, wie es mit mir weitergehen könnte.
Diese Vorschläge habe sie gerne aufgenommen.

Möchten Sie wissen, was das bedeutet?

JA

Es bedeutet, dass ich noch bis Ende des Monats in der geschlossenen Abteilung bleiben muss, dann in die offene komme. Und wissen Sie was noch?

NEIN

Dass ich von hier aus das Gymi besuchen kann. Ich bin so froh!
Ich bin so froh!
Ich bin so froh!
Es gibt noch ein paar Auflagen, die ich erfüllen muss. Eine davon, weiterhin zu Ihnen in die Stunde zu kommen. Aber das finde ich gut. Ab dem nächsten Mal werden wir richtige Gespräche führen, sodass ich alles noch besser verstehen kann.
Das wollte ich Ihnen schnell sagen. Jetzt aber muss ich dringend raus, im Hof meine Runden drehen, sonst platze ich!

Herr Cotti – auf Wiedersehen!

CIAO, KATHARINA